魔王と女勇者が恋人になるまで
生まれ変わって、
二木弓いうる
ill.雪丸ぬん

「貴方の事が
好きになりました、
彼女は真剣な顔つきで俺に言った。

付き合って下さい!」
!?

「でもっ……」

「じゃあさ……
もう一度やり直そう。
約束しただろ？
まぁ、別の世界には
なっちゃったけど。
それでも許されるなら」
鈴は静かに頷いた。
何度も何度も、
ゆっくりと。

「……何でこんな奴の味方をするの？」
藤《ふじ》ヶ《が》丘《おか》奈《な》々《な》
鈴にとっては、
引きこもっていた自分を
外に出してくれた恩人。
「貴方の事が好きになりました、
付き合って下さい！」
細《ほそ》見《み》鈴《すず》
生まれ変わって現代に
転生した元女勇者。
元魔王の真緒のことを
殺すため、付き合おうと
してくる。

「……俺で良ければ、よろしくお願いします」
黒《くろ》主《ぬし》真《ま》緒《お》
生まれ変わって現代に
転生した元魔王。
相手の心を読む能力を
持っている。
「……彼女？　魔王のくせに？」
霧《きり》下《した》律《り》澄《ずむ》
真緒と同じ選択コースの先輩。
前世は勇者パーティーにいた
魔法使い。

contents

魔王と女勇者が生まれ変わって、恋人になるまで

二木弓いうる

講談社ラノベ文庫

口絵・本文イラスト／雪丸ぬん
デザイン／オダカ＋おおの蛍（ムシカゴグラフィクス）
編集／庄司智

プロローグ　魔王と女勇者が生まれ変わって、再会するとか思わないだろ。

寒い冬空の下。金色の光を放っているクリスマスツリーが、嫌がらせのように俺達《おれたち》の顔を照らす。こんな所で向かい合っている俺達の姿は、周囲を歩く人々からすれば恋人同士にでも見えただろうか。

だが俺達は違う。服装も普通だし、きっと誰かに言った所で信じてはもらえないだろうけど。

俺達はたまたま再会してしまった、元魔王と元女勇者なのだ。

目の前にいる彼女は、真剣な顔で俺に言った。

「貴方《あなた》の事が好きになりました、付き合って下さい！」

勇者よ……冒頭から告ってこないで。

＊＊＊

とある世界の、小さな王国の話だ。その国には魔法使いや騎士といったゲームなんかでよくある職業についた人間と、魔族と呼ばれる奴《やつ》らが住んでいた。

魔族というのは、ちょっと賢いモンスター一族だと思ってもらえればいい。姿は人型だったり獣型だったり様々。

その世界で俺は魔族の王、いわゆる魔王をやっていた。魔族をまとめ、魔族を生み出し。人間との闘いに先陣を切っていたりした。

魔族と人間は、昔からすごく仲が悪かった。価値観が違い過ぎて、意見が合わなかったのが原因だ。服の好みに罠《わな》の仕掛け方、キノコとタケノコなど何かと対立した。目があった瞬間殴り合い、罵倒し合い、最終的には領土の奪い合いで戦争になった。

何も俺らが一方的に悪い事をしていた訳じゃない。喧嘩《けんか》の延長で殺人になったような感じ。俺は魔王といっても、ただリーダーだっただけ。ゲームのラスボスになるような存在じゃあなかった。

とはいえ、魔族が戦争で人を殺していたのは事実だ。今思えば、そこは反省している。

そんな俺は、何故《なぜ》か魔王の記憶を維持したまま転生した。

転生先は日本という小さな島国。現在は普通の男子高校生として生きている。今の俺には、人を無理やり襲うような力もない。特別デカくもないし、魔法も使えない。自分で自分を殴っても、ただ痛いなって思うレベル。

それから無条件で慕ってくる他の魔族も居ないから、集団で襲うとかも出来ない。今の俺には悪い人間を従える程の魅力もないし。色々な力を持っていた魔王の時とは、圧倒的にステータスが違い過ぎる。無理やり襲ったりする気はないから何も問題はないんだけどさ。

ただそんな俺にも、一つだけ残っていた能力があった。

相手の心を読む力だ。

前世では人々を破滅に追い込むのに非常に役立っていたこの力。しかし現在、この力を使う事は滅多にない。読めた所で相手がこちらにとって都合の良《い》い事を考えているとは限らないからだ。もしその能力を使って可愛《かわい》い女の子から「オタクキモイ」とか思われてたら多分俺は落ち込む。

あともう一つ。能力等は関係なしに、この世界ではどうしても悪い事を出来ない最大の理由があった。

この世界での母親が警察官です。

生まれた時から前世の記憶があったせいで、幼い頃の俺は人間嫌い故にそれなりに悪い事をしていた。

だが母は悪人退治のプロ。悪い事をした俺を野放しにするはずがなかった。

よそ様の子供が遊んでいたおもちゃを横取りした際には一時間の説教を食らい。

信号無視して横断歩道を渡った姿を見られた時はパトカーのスピーカーから名指しで怒られ、その後三時間説教を食らい。

死ねと言った日には、感覚が無くなるぐらい尻を叩《たた》かれた。

勿論《もちろん》、ミニスカポリスとかそういうのじゃない。そういうのだったら、俺の性格はもっと違うものになっていただろう。

とにかく、母からの説教……もとい教育は俺が子供であっても容赦は無かった。むしろ子供だからこそ、だったのかもしれない。

そんな日々の繰り返しで、とうとう心が折れた俺は大人しく普通の人間として暮らす事に決めた。

幸いなことに、母は礼儀や犯罪には厳しくあったものの自分と同じように警察官になれとか言うタイプではなく。犯罪以外の事なら何をしてもいいと言われたので、俺は将来的にゲームを作る方向を目指している。なお父は温厚なサラリーマンで、これまた将来は好きにしろと言う。

それどころか「魔王とかよく分からないものになるって言ってた頃よりマシ、むしろ良いんじゃないか」とも言われた。改めて考えると、まともで良い親である。

つまりだ。善悪の区別を学び、公序良俗に反さず過ごすよう育てられた俺に悪い事なんてそうそう出来る訳がない。

魔王は人間になって、現実を学んだのだ。むしろ今じゃ、平和に生きたい。それなのに。

どうやら勇者はそれを許してくれないらしい。

その一　魔王と女勇者が生まれ変わって、再会を果たす。

事の発端はクリスマスイブであり、終業式が行われた日の放課後。茶色のダッフルコートを着て学校を出た俺は、Ａ４サイズの封筒を小脇に抱え。すぐさま駅前の郵便局へと向かった。

俺が通っている学校は様々なジャンルが集結した大規模な専門高校で、制服もなければ全員寮生活と結構特殊。ゲームコース、スポーツコース、芸能コースやらと大まかにコース分けされて。そこから細分化して、複数の学科に分けられる。俺の場合、所属はゲームコースのプログラミング学科。普通の高校の授業の他に専門教科を学ぶ時間があって、そこで同じコースの企画学科やグラフィック学科などとチームを組んでゲームを作り、企業に売り込んだりしてる。

今日はその企業からゲームサンプルを郵送しろとか言われて、俺はこのクソ寒い中、郵便局に行くはめになっている。

郵便局に着き、窓口で封筒を預けた。よし、課題終了。これで冬休みに突入だ。

外へ出ると、クリスマスムードに包まれた景色が嫌でも目に入った。

イルミネーションという名の、ただ光る電球の羅列。課題のせいで疲れた俺には、少し眩《まぶ》しすぎた。

クリスマスか……まぁ彼女もいない俺には関係ないわな。キリスト様お誕生日おめでとうございます。はい終わり。

……さすがに寂しすぎるか。けど、帰っても部屋だと一人だし……このまま帰るのはもっと寂しい気もする。

せめてあったかいものでも飲んでから帰ろう。

俺は温かさを求めて、街中を歩きだした。


せっかくのクリスマスイブなので、なんとなく普段は入らない駅ビル内のコーヒーショップに入ってみた。

店のドアが開いた瞬間、暖房の風が優しく肌に当たる。これだけでも店に入った価値はあったたな。冷えた体がじんわりと温まっていく。

意外な事に、店内は空いていた。店員二人と客一人しかいない。イブだから皆、もっと高級なレストランとかに行ってるのかな。

俺はレジでドリップコーヒーを一杯だけ頼んで、窓際にあるカウンター席に座った。コーヒーが運ばれてくる前に、コートを脱いで白いトレーナーに黒のパンツ姿になる。

「お待たせしましたぁ」

全然待つことなく出てきた。まぁ店員暇そうだったからな。そりゃすぐ作れるか。

白いカップに注がれ、湯気が踊っているコーヒー。

俺はカップを手に取り、一口。

うん、うまい。口の中に広がる香ばしさが良《い》い。けどちょっと熱いな。もう少し冷ましてから飲むとしよう。

ん？

右横からふと、コーヒーとは違う良い香りが漂ってきた。

見れば空いていた隣の席に、黒いセミロングヘアーの少女が座っていた。見た目は俺と同い年位。口紅か色付きリップでもつけているのか、唇はほんのりと赤色に染まっていて可愛《かわい》らしい印象。

白いPコートの下に、シンプルなベージュ色のワンピース。そして黒のタイツにショートブーツという、落ち着いた色合いの服を着ている。そのせいか膝上に置かれた赤いハンドバッグが、とても際立って見える。

そのバッグの中を漁《あさ》り始めた少女。

店員が俺の時同様、彼女の前へ甘そうなフラッペを置く。手を止めた彼女は一瞬店員の顔を見て、小さくお辞儀。だが店員が離れると、フラッペを口にする事なく再びバッグの中を漁り始めた。

コートくらい脱げばいいのに。その方が動きやすくなって、探しやすいと思うんだけどな。寒がりの俺が脱いだくらいには、店内あったまってるし。

わざわざ「コート脱げ」なんて言う事でもないし、もう戦争とかしたくないから喧嘩《けんか》の売り買いもしないけど。

それにしても、殺意とか久々に向けられたなー。

やっぱり、この世界でも考え方は合わないのかねー……ちょっと待て。今、何考えた？

いや、なんとなくそう思ったっていうか、直感でしかないんだけど。確かめようもないし。でも……もしかして……。


この子、俺が殺した女勇者じゃないか？


見た目は違うし、確証もない。ただ、何となくそんな気がする。

勇者は赤髪のポニーテールに黄色い眼《め》、さらに頑丈そうな鎧《よろい》を着てたからな。髪型はまだしも他は違って当然なんだけど。

彼女も転生していたというのか。そりゃあ魔王の俺が転生したくらいだし、ありえない話ではない。

それに俺、他にも転生した人知ってるし……まぁ、それは今どうでもいいか。

まさか勇者と再会するとは思わなかったな。

生まれ変わった彼女に対して、復讐《ふくしゅう》しようだとか殺そうだなんて感情は一切ない。

もう彼女は別人で、勇者ではなく普通の女の子のはずだ。そんな彼女を殺す理由が無い。

しかし前世の姿とはまた違うものの、今も良い見た目をしている。彼女にするなら、こういう可愛らしい子が良いな。

……何を考えているのか。

自分と彼女が付き合う所を妄想するなんてどうかしている。そんな事を考えた所でどうにもならないだろうに。

戦う運命だった、魔王と勇者。そんな奴《やつ》らが来世で仲良くするなんて、おかしいにも程がある。

仮に仲良くしたいからって、ナンパするのもどうなのか。知らない男からいきなり声をかけられても、大体の女の子は困るだけだろうからな。

この世界で彼女と俺は、完全に赤の他人。

それで良い。それがきっと、互いにとっての幸せだ。殺した俺が言うのも何だが。

勇者よ、この世界では幸せに生きろ。

ところで……何で勇者は態々《わざわざ》俺の隣に座ったんだ？

空席の目立つ店内。俺の隣の隣の席だって空いてるのに、今詰めて座る理由があるのか？

それにやっぱり、すごい殺意を感じる。前世で色々な奴から殺意を向けられたからな、俺には分かる。むしろ前世でしか向けられなかった。もはや懐かしい感覚だ。

でも、こんな可愛い子が人に殺意を向けるなんて思えない。

きっとデートの待ち合わせ中で、ソワソワしているだけだろう。

恋愛的なソワソワが殺意に似ているのかもしれない。俺はデートの待ち合わせでソワソワした事ないから分かんないけど。

さっきからバッグの中を漁り続けているのも気になる。一体何を探しているのか。

……仕方ない、読むか。彼女の心の中。

前世で殺してしまった、せめてもの償いに。

手助けをしよう。貸せるものなら貸すし、貸せそうになければ黙って店を出る。話しかけて聞き出すと、変に関わりが出来ちゃいそうだからな。心を読んで、話しかけた方が良いのかどうかを確認するだけ。

勿論《もちろん》、彼女が個人情報的な事を考えていたら、すぐに読むのを止めればいい。

俺は人の心を読もうと思えば、延々と読めてしまう。電源ボタンを押せば再生され続けるテレビやラジオのようなものだ。逆に読むのを止めたい時は、心の中にあるストップボタンを押せばいい。

自分の中の電源ボタンを押して、俺は彼女の心を読み取った。俺の脳内に、彼女の心の声が聞こえてくる。

『うーん……ないなぁ、魔王を殺せそうなもの。こんな事なら普段からカッターの一本や二本カバンに入れておくんだった』

……本当に俺を殺す気か⁉

そうか、彼女は俺の事を憎んでいたか。まぁ、あの死に方だ。無理はない。でもそれにしたって発想が物騒すぎるだろ。

っていうか俺が魔王だって事は気づいてるのね？　俺と同じで、何となくそんな気がしたのだろうか。だからって殺そうとするのはどうかと思うんだけど。別人だったらどうする気だ。

『大体、何だドリップコーヒーなんて飲んで。大人なのか、大人アピールなのか、偉そうに！』

いや安さで選んだ。

『まぁ今から殺されるんだ。大人だろうが子供だろうが何でも良い。しかし魔王は私に気づいていないのだろうか』

ガッツリ気づいてます。むしろ気づいていないのは貴女《あなた》の方です。

どうやら勇者は相手の心を読めないらしい。まぁ元々普通の村娘だったみたいだしな。

パーティーに魔法使いは居たけど、勇者自身に魔法を使う力とかは無かったのだろう。

『記憶が無いのか、鈍いのか。多分鈍いだけだな。そんな顔してる』

どんな顔だよ。

『あぁでも、この見た目。前世の姿とは大分違うなぁ』

魔王の俺は身長二メートルを超えた黒ずくめの蒼目《あおめ》だったから。

今の俺は生まれながらの黒髪黒目。身長は百七十六センチと男子高校生の平均より少し高いくらい。この時点で気づいて欲しい。今の俺はもう昔とは違うという事に。

『顔はちょっとカッコイイかもしれない』

どうもありがとう。

『段々腹が立ってきた』

何でだよ。

『コイツすぐ攻撃してくるし。パンがないなら奪えば良いじゃない精神だったし』

まぁそうだね。戦争中だったたっていうのもあるけど、我ながら悪役令嬢もびっくりの悪い奴だったと思う。

『とにかくムカつく奴だった。あの時だって……あんな事になるなら、隠し持っていた毒薬、カケレバコロリを使っておけば良かった。そうすれば、私は死なずに済んだかもしれないのに！』

何その殺虫剤みたいな名前のやつ……そんなもので殺されなくて良かった。こういう知りたくない事知っちゃうから普段は心読まないようにしてるんだよ。手遅れだけど。

ダメだ、心を読み続けてもロクな事にならなさそうだし。このまま居続けて殺されるのも嫌だ。コーヒー冷めたらとっとと飲んで店を出よう。

俺はもう勇者に関わらない。だからお前も俺に関わるな。それが双方の幸せのためだ。お前だって今俺の事を殺したら普通に犯罪者だぞ。もうここは、あの世界じゃないんだから。

そう思った時。

ぴろりろりろりーん、ぴろりろりろりーん。

魔法少女が変身しそうな音楽が聞こえてきた。どうやら彼女の携帯の着信音のようだ。

『誰だ、こんな時に電話をかけてくるのは。私忙しいのに』

まさか俺を殺そうとするので忙しいのか。もしかして、コート脱ぐ暇もないくらい？

『……奈々《なな》……仕方ない。魔王の事は一瞬諦めよう』

一生諦めてほしい。

彼女は俺の隣に座ったまま、小声で電話に出た。

それでも聞こえてきた話の内容から察するに、どうやら一緒に映画を観《み》に行く予定だった友達が急病で来られなくなったらしい。

電話を切った彼女は、ため息を吐いていた。

『具合が悪くなったなら仕方ない。けどチケットの期限今日までなんだよなぁ。勿体《もったい》ないけど、急に他の友達捕まらないだろうし。一人だけでも観に行くかな』

彼女はカバンの中から何かを取り出したようだった。

心の声は聞けるものの、視覚共有は出来ないからな。俺は横目で彼女の持っていたものを盗み見る。

あぁ、映画のチケットか……。

「えっ⁉」

しまった、つい声を出してしまった。だってまさか勇者が、『いじめの嵐』なんてタイトルの映画観るとは思ってなかったから！

彼女も思いっきりこっちを見ている。変に誤魔化すのもおかしいだろうし、とりあえず謝っておこう。

「あー……スミマセン、何でも無いです」

これは恥ずかしい。しかも何でも無い訳がない。

良いだろ、もう勇者じゃないんだから。今の彼女がどんな趣味してようが、クリスマスイブに何を観ようが俺には関係のない話だ。

『そうだった、私魔王殺すんだった。映画どころじゃなかった』

もう忘れてたのか。もしかしたら声出さなきゃ生き延びられたかもしれない。

『というか何故《なぜ》コイツは驚いたんだ？　まさか今になって私が勇者だと気づいたとか……』

勇者である事は気づいてるんだが……あ、むしろこっちから魔王を名乗れば良いのだろうか。そうすれば、俺がもう悪者ではない事を伝えられるかも……無理か。魔王の言う事をそんな簡単に信じてもらえるとも思えない。むしろ名乗った瞬間、襲い掛かってきそう。

『いや……もしかして……私の手の中にある映画のチケットを見たのか？　記載されているタイトルに惹《ひ》かれたのかもしれない。だって魔王だし。いじめとか好きだよな。弱い者いじめとかよくしてたしな！』

んん？　確かにチケットに反応したけど、観たくて反応した訳じゃないぞ？

『そうだ。コイツと映画を観よう』

なっ⁉

『大好きな映画を観ていれば、魔王だって油断するはず』

大好きな映画でもなければ、魔王でもない。

「あの、もしかして、こーゆー映画好きだったりします？」

何か普通に話しかけてきちゃったぞこの子。本当に俺と映画を観る気なのか。何で魔王と勇者でそんなデートみたいな事しなきゃならないんだ。

でも、無視するのも逆上させるかな。

「え、えぇまぁ……」

どちらかと言えばＳＦモノやラブコメアニメの方が好きだが、ここは社交辞令。

答えた瞬間、彼女は目を輝かせた。

『やっぱりな。魔王め、今も変わらず悪い奴……待てよ。もしかして奈々が急に具合悪くなったのも、コイツの仕業なんじゃ！』

そんな能力、前世でも持ってなかった。

『ええい魔王め、なんて悪い奴なんだ。さてはコイツも私を殺そうとしているな。そうはいかない』

殺そうとなんて思ってないっての。

「じゃあ急にアレですけど、良かったら一緒に行きませんか」

待て、何でそうなった。心読んでるのにまったく分からなかったぞ！

「えぇっと……」

「一緒に行く予定だった友達、具合悪くなって来れなくなっちゃって。このチケット有効期限が今日までなんです。もしこの後予定無いなら、ぜひ！　遠慮せずに！」

「えっ、いや、でも他のお友達とか……」

「皆忙しいんです！」

何かグイグイ来る！

『魔王め、逃げようとしているな。だが絶対に逃がさない。今まで出会えなかったんだ。今逃げられたら、今後見つけられる可能性は低い。殺すならやっぱり今日だ！』

あぁなるほど、そういう魂胆か。確かに一緒に映画館まで行けば今以上に時間を稼げるし、殺すチャンスも多いだろうからな。

しかしどうしたものか。

友達と行こうとしていたのなら、映画館に爆弾が仕込んであるとかもないだろうし。現時点で刃物類は持ってないらしい。途中で一人にさせなければ、買ってくる事も不可能だろう。

そう考えると……殺される可能性は低いんじゃないか、これ。ここは抵抗しないで大人しい男アピールでもしておいた方が良いかもしれない。

「えっと、じゃあお言葉に甘えても良いですか？」

「は、はい。では早速行きましょう！」

「待って。コーヒー飲んでからで良いですか？　貴女もそれ飲まないとでしょう」

「あぁ、飲食物は粗末にしちゃいけませんもんね。それは分かるんですね！」

おい若干心の声が漏れてるぞ。俺は飲食物の大切さも分からないような奴だと思われていたのか。

自身の失言に気づいてないのか、彼女はストローを咥《くわ》えフラッペを飲み始める。

『バカな奴だな、この後殺されるとも知らずに！　まぁ良い、飲み終わったらすぐ映画館へ向かおう。真っ暗な館内の方がきっと殺しやすいからな。待ってろ魔王、今日がお前の命日だ！　あっ、この新作フラッペあまーい！』

彼女がニコニコしてるのは、俺を殺せると思っているからなのか、フラッペがおいしかったからなのか。もはや両方かもしれない。

って言うか本当に殺すのかな、この子。普通にフラッペ堪能《たんのう》してますけど……。

コートを着直してコーヒーショップを出た俺達《おれたち》は、同じ駅ビルの中にある映画館へ向かおうとエレベーターに乗り込んだ。

今居る一階から三階にある映画館へ向かうため、エレベーターを使う。うん、当然だよな。何もおかしくない。そして今日から公開が始まった人気映画の影響で、エレベーターが満員になったというのも自然の摂理だろう。ここら辺じゃ映画館はここしかなくて、さらにクリスマスイブのデート先に映画館を選んだ者が多いという事も混雑の原因だと思う。

つまりだ。エレベーターに乗った際壁際に立った彼女を、後ろから人に押された俺が壁ドンした感じになってしまったのもワザとじゃない。

『おのれ魔王！』

　ワザとじゃないんですって！

『くそう、これじゃあ身動きが取れないじゃないか。しかし、ここで無理やり魔王を倒したら周りの人の迷惑になるな。仕方ない、今は諦めよう』

　どこで倒したって迷惑になるよ。主に俺に。

　無駄な気はするが弁解しておこう。

「すいません、混んでますね……」

「大丈夫です……」

　勇者はそう言いながらも、うつむいていた。

　そりゃ魔王相手に壁ドンされても嬉《うれ》しくないだろうけど。そんな露骨に嫌がらないでほしいんだが。

『普段こんなに男子と近づく事ないし……魔王相手でもこんなに近いと、こう、ソワソワしちゃうな……だ、ダメだ。コイツは魔王、悪い奴！』

　……嫌がってるんじゃなくて、照れているのか？

　それは、まぁ、可愛いなって思ってしまう。

　気恥ずかしさで会話は出来なかった。ただ自分の心臓の音がうるさい。

気づけば三階に着いたようで、多くの人が外に出て行く。俺と勇者も、慌ててエレベーターを降りた。

三階はフロア全てが映画館になっている。勇者はハンドバッグの中からチケットを二枚取り出した。

「はい、チケットどうぞ」

『地獄への招待状だ』

映画のチケットを勝手に招待状にするな。というか地獄行きだと決めつけないでほしい。

「あ、ありがとうございます」

仕方なく礼を言いながらチケットを受け取り、いざ中に入ろうとしたと同時に。彼女の携帯電話が再び鳴りだした。

『今度は誰……えっ、奈々？　それどころじゃないのに。私魔王殺さなきゃなのに！　でも今出ないのは不自然かな。魔王に感づかれても困る。仕方ない、ここは出ておこう。これから私犯罪者になるし、そしたら彼女ともう一生喋《しゃべ》れないかもしれないし……』

俺も君には犯罪者になってほしくないし、友達のためにも俺を殺そうとするのやめてよ。

「ちょっとすいません、電話してきます……もしもし、奈々？」

俺に断りを入れてから、勇者は入り口横に置かれた観葉植物の前に立って通話を始めた。そのまま刃物でも買いに行かれてもマズいし、すぐ近くで待っていた方がいいな。

少し離れた場所で彼女が見える位置に立つ。壁際だし、他の人の邪魔にもならんだろ。

五分、十分……うん、長いな。予告始まるな。でも彼女一人置いて入るのも普通に悪いし、待つしかない。

「分かった、分かったから。大丈夫だって、ちゃんと佐なんとか君を見ておくから。お大事にね、じゃあね！」

終わったみたいだ。映画本編には間に合いそう。

『全くもう！　映画観たかったのは分かったけど、病人は大人しく寝てなよ！　魔王が逃げたらどうするんだ！』

彼女は俺の脳内に怒りの声を響かせながら近づいてくる。俺は逃げないから、そんな心配はしなくていい。

一応申し訳なさそうな表情を見せている勇者。申し訳ないとは微塵《みじん》も思っていない事を知っているだけに、少し悲しい。

「予告始まっちゃってますね。ごめんなさい、先に行っててもらっても良かったんですけど」

「いや、勝手に待ってただけですから。気にしないで下さい。それより」

そろそろ本編も始まりそうだ。彼女は俺より先にシアターの入り口方面へ向かう。

「あっ。始まっちゃいますね、行きましょうか！」

『というか何で律儀に待ってたんだコイツ。さてはコイツも館内の暗闇で私を殺そうとしているのか⁉ さすが魔王、侮れない。あっ、さっき私が電話している間に、どうやって私を殺そうか考えていたのかもしれない。まさかもうシミュレーションはバッチリだったりするのか？ あぁ、ちょっとまずいかも。とりあえず先に攻撃されたら、防御出来る態勢にはしておこう……』

何か無駄な事考えているな。ま、俺が抵抗しなければ悪意がないってすぐ気づいてくれるだろ。

俺達は急いでチケットを切って貰《もら》い、館内へ入って行った。

予告が流れ薄暗くなっているシアター内。俺達は指定されたど真ん中の席に座った。

随分ガラガラだな。このタイトルだ、クリスマスイブならなおさら人を選ぶか。

『しまった。ポップコーン買うの忘れた』

俺を殺す気なのにポップコーンを欲するの？

『魔王にポップコーンを食べさせておけば、隙を見て殺せたかもしれないのに。さすがに魔王も食べてる時は油断してただろうし。あぁもう』

なるほど。確かに食べてる間は油断すると思う。けどさぁ、最後の晩餐《ばんさん》がポップコーンになるのは嫌だよ俺。殺される気はないけども。

『まぁ良い。魔王が映画に夢中になってる間に殺す方法を考えなきゃ』

ノープランだもんな。まぁ俺は大人しい男を演じるために、なるべく抵抗しないから。君がそれに気づいてくれるのを映画でも観ながら待ってるよ。一体どこまで観ていられるのかは分からないけど。

予告が終わり、シアター内がさらに暗くなる。スクリーンには白い猫を抱いた主人公らしき少年が映り始めた――。


おい待て。何で俺は最後まで映画を観る事が出来たんだ？

いや答えは簡単だけど。勇者が殺そうとしてこなかったからだけど。

シアターの外に出て行きながら。俺は隣をゆっくり歩く勇者の顔を横眼で見た。

彼女は頬を赤くし、涙目になっていた。彼氏様なら抱きしめて慰めてあげるのが正解かもしれないが、彼女にとって俺は殺すべき相手だからな。絶対に触れてはならない。

『何てことだ……まさか魔王を殺す方法が思いつかなかったなんて！』

ホントだよ。俺が映画観てる間も隣でずっと考えてたね君。

俺は気が気じゃなかったよ。大人しい男を演じると決めていたとはいえ、いつ君が攻撃方法を思いつくか分からなかったし。観てた映画は、主人公が学校と家とで延々といじめられているだけの胸糞《むなくそ》ストーリー。しかも最終的に主人公は自殺するっていう酷《ひど》い終わり方だったし。

『素手で殴ったり首を絞めたりする事は出来たかもしれない。でも今の私の力だと一撃で仕留めるなんて無理。一度攻撃したら反撃されていたかもしれないし。だけど今考えれば、それも覚悟で攻撃するべきだった！』

だから俺は反撃しないってのに。勇者も俺の心を読めてくれたら良かったんだけどな。まぁ確かに、彼女の素手による攻撃で死ねるとも思えないけど。随分と細い腕をしている。殴ったらそっちが折れるんじゃないか？

とりあえず何か声を掛けた方が良いだろうか。

「あの……大丈夫ですか？」

大丈夫な訳ないんだけど、それ以外にかけていい言葉が分からなかった。

大きく首を横に振った彼女はこちらを向いて、小さな声で言った。

「……チケット代払うので、もう一回一緒に観てください」

『もう一回観れば、何か思いつくかもしれない……』

そんな訳ない。

「……そんなに面白かったんですか？」

「はい、すごく面白かったです」

嘘《うそ》をつくな。

もう一回観たって、そんなすぐ人の殺し方なんて思いつかないだろうし。

これはどうにか説得するしかないな。まずは彼女から映画を観させる気を無くそう。

「ちなみに聞きますけど、あの映画のどの辺りが」

面白かった所を言えない映画を、もう一度観たいとは言いにくいだろう。明らかに困った表情を見せる彼女。これはたとえ心が読めなかったとしても、まともに観てなかったって分かるな。

『こっちはそんなの観てる暇無かったっていうのに。コイツは悠長に映画を楽しんでいたというのか。何て嫌な奴なんだ。しかしここは答えておかなければ』

何で映画観てただけで嫌な奴認定されなきゃならないんだ。

彼女は十秒ほど間を開けて、口を開いた。

「猫がとても可愛かったです」

『なんか猫が出てたような気がする。ちゃんと観てなかったけど』

その猫いじめっ子達に殺されて死んだよ。

なんて正直に言うのも可哀《かわい》そうだろうか。ここはまたスルーしておこう。

「そうですか。けど、もう遅い時間になりますし」

と言っても七時半だし、終電までもまだまだ時間はあるんだけどさ。

彼女はまだ諦めてないみたいだ。眉がキリッとしてる。可愛い。

「お願いします、お金なら払います！」

『もう一回、次は攻撃する。反撃されても、何度でも立ち向かう。しかし肝心の魔王が居てくれないと困る！』

困ると言われる俺の方が困る。あんな鬱映画をもう一回観る気はないし、出来ればこのまま立ち去りたいという気持ちさえある。

そうだ。

「映画もう一回観る時間は取れそうにないんですけど。良ければ夕飯でも一緒にどうですか。映画のお礼に奢《おご》りますから」

彼女は目を見開いた。まぁ殺すチャンス到来だもんな。そりゃ驚くだろうよ。

だが俺からすれば逃げるチャンス到来な訳だ。

七時台の飲食店とあらば夕食を食べに来る者達で混雑している時間帯だろう。加えて今日はクリスマスイブだ。

さっきのエレベーター同様、人の多い中、そう簡単には殺せまい。

『いきなり何言ってるんだコイツ！』

あぁ、そう驚くか。まぁもっともだ。

しかし彼女は、すぐに表情を緩めた。

「えっ、あっ、良いんですか？」

『バカめ、自分から殺してくださいと言いに来てるようなものだとも知らず』

　知っている上での発言だから余裕余裕。

「そちらが良ければ」

「い、いえ。ありがとうございます、お願いします！」

　うんうん。そう言ってくれなきゃ困るんだ。

『まさかコイツ、私を太らせて食べる気じゃないだろうな』

　何でいきなりそんな発想になるんだ。そもそも俺は魔王時代から人間を食べた事はない。だって普通においしくなさそうじゃん。

　人間はあくまで敵だったから……勇者は突然、怒っている顔つきになった。俺の心読めてないよな？

『そうか、最初から私を食べるつもりだったな。自分好みの映画を観た後、私をボコボコにして料理して食べる。お前にとってさぞ最高な一日になるだろうな！　でもそんな事はさせない！』

　読めていないみたいだ。

『とりあえず一緒に行っておこう。ここで逃げるのは、魔王を逃がす事にもなるし』

　一応誘いに乗ってくれて良かったと思っておくよ。

しかしどうするかな。彼女がフォークやナイフを手にしないよう洋食店は避けるべきなんだろうけど、最悪箸でも殺しにかかってくる事は出来るよな。一応何が食べたいか聞いておくのも筋ってものだろうか。

「何が食べたいですか？」

「あー、えー、そうですね。奢ってもらうので高くないものが良いです。そうだ、コンビニでおにぎり買って、近くの暗い公園で食べましょう」

『暗闇の中で攻撃だ！』

それさっき映画館の中で失敗したじゃないか。

「いやお金のことは別に気にしないで。あ。あそこで良いですか？」

彼女は俺が指さした、洋食店のポスターを見る。どうやら同じ駅ビルの中にあるらしい。美味《おい》しそうなハンバーグの絵が描かれている。避けたかった洋食店だが、外よりマシだと分かったからな。フォークとナイフは頑張ってどうにかしよう。

『魔王は洋食が好きだったのか、それとも私を殺す所を色々な人に見せつけたいだけで店はどこでも良いのか……』

そもそも人殺す所を誰かに見せつけようとか思った事ない。

食の好みとしては、洋食でも和食でも中華でも好きだけど。でも甘すぎるのはちょっと苦手かな。あと魔王時代はうまいと思って食べていたドラゴンの肉とか、もし今目の前に用意出来たとしても多分もう食べる気にはなれないと思う。

俺の提案に、彼女は大きく頷《うなず》いた。

「良いですね。お願いします」

『まぁどちらでも良い。魔王より先に私が何とかして攻撃する！』

正直その何とかの部分を早く明確にして欲しい。まだ再会してから数時間しか経《た》ってないが分かったぞ。この子真面目なアホ。

俺達は駅ビルを出て、入れそうな飲食店を探す。

駅ビルの中にあった洋食屋は、既に並んでいる人が多すぎて入店を拒否られた。勇者には『魔王の入店を拒否するとは賢い店だ』と感心されていた。俺のせいで入れなかった訳じゃないし、拒否したのも賢いとは思わないけどさ。

俺と彼女を照らすのは、イルミネーションで飾られた街路樹と、洒落《しゃれ》た洋服店や雑貨屋から溢《あふ》れる光。普段なら絶対に長居しないような街中に、元勇者とはいえ可愛い女の子と二人で歩いてるんだ。今日が俺の命日と言われても納得する。命日にはさせないけど。

近くにあった別の洋食店に入ったものの、店内は予想通り混雑していた。食器を片付けながら、女性店員が声をかけてきた。

「いらっしゃいませ！　申し訳ございませんが店内ただいま満席でして。もう少々お待ちいただければお席をご用意出来ますので、お名前を書いてお待ちいただけますでしょうか！」

ふむ。混んでいたのはまぁ想定内。むしろ俺的にはラッキー。それに、待つとはいえ店内に入れただけマシだろう。

俺は大人しい男を演じる予定しか無いから、待ってたって良いんだが。

「どうします？」

一応勇者の意見を伺う。彼女は戦意溢れた凛々《りり》しい顔立ちをしている。可愛いけど嫌だな。

「いつまででも待ちましょう！」

『魔王をどう殺すか考える時間が欲しい』

ですよねー。

店員からメニューを受け取った勇者は、入り口脇に設置された客待ち名簿に自ら名前を書いた。

『カタカナで書けばいいんだな。ホソミ……と』

……ねぇ、俺に苗字《みょうじ》知られちゃったけど良いの？

『私達の前に二組の名前がある。そこまで長い時間は期待できないかなぁ』

そうか、俺を殺す事で頭がいっぱいいっぱいなのか。いやそれにしたってな気もするけど。

彼女は待ち客用に置かれた長椅子に座った。映画館の席と違って仕切られてもないんだけど、これ隣座っても良いものかな？

「……どうかしました？」

『何を突っ立っているんだコイツは。さては何か企《たくら》んでいるのか？』

座らない事によって怪しまれた。ここは座っておいた方が正解か。

「失礼します……」

勇者は相変わらず良い香りがする。そんな場合じゃないんだろうけど、思わずドキドキするじゃないか。

だが下心を抱かれているとは微塵も思って無さそうな彼女は、メニューを広げ、

「もう決めておきましょう。私ハンバーグが良いです」

即決。

『一番に目に入ったハンバーグにしよう。何でも良いんだ。食べられないかもしれないから』

殺される気無いから好きなの食べて良いのに。

『魔王もきっとお肉を頼むぞ。魔王だからな』

それは偏見。俺は魚も野菜も食べる。まぁ今は同じので良いか。

「早いですね。じゃあ……俺もハンバーグで」

『ほら』

何だろう、若干悔しい。

店員が忙しそうに、店内を行ったり来たりするのが見える。

勇者は何故か満足気な顔をしていた。

『刃物も水も私の武器になる。ここの店員は私の味方だ。間違いない』

どこの飲食店でだって食器と水くらい出すだろうよ。

「あの、今日の映画どうでしたか」

彼女の方から声を掛けてきた。何で突然そんなごく普通な雑談を？

『店員の期待に応えるべく行動しなければ。まずは敵を油断させよう。適当に会話してればきっと隙を作るはずだ』

店員はそんな期待していないと思う。もし何かを期待されてるとしたら、とっとと食ってとっとと帰れ、だと思う。

『すっかり忘れてたけど、奈々に佐なんとか君の活躍を観てこいとか言われたからな。また会えるかは定かではないが、聞き出しておこう。私映画全く観てなかったし』

君が俺を殺さなければ、友達ともまた会えるだろうよ。

とにかく隙を見せないよう会話しなくては。うーん、酷い映画だったと言うのも失礼かな。

「タイトルでいじめモノだって分かってたから、てっきり親や友達と和解してハッピーエンドになると思ってたんですけどね。まさか主人公死んじゃうとは……あぁでも、そんな終わり方も俺は嫌いじゃないんで楽しめました」

「そうですか」

『やっぱりガッツリ観てたな。しかも主人公が死んだ作品で楽しめたとは。やはり嫌な奴だ。まぁ良い、奈々には主人公が死んだとだけ言っておこう』

それは友達可哀そうすぎない？　気を遣って楽しめたって言ったのも間違いだったか。

今度はこっちから平和な会話を試みる。

「普段こういう映画観ないんですか？」

俺の質問に、明らかに焦りを見せた勇者。平和的な会話が始められるとは思っていなかったようだ。

「あぁ、えっと、来れなくなった友達が、気になるアイドルが出てるから観たいって言って選んだだけで。私はあんまりアイドルとか詳しくないので」

「アイドルって、男？」

「えっと、確か主人公の、佐なんとか」

「……主人公役のファンなら観なくて正解だったんじゃないですかね、あれ」

「なら友達には観るなとだけ伝えておきます」

「はは、その方が幸せな気はしますよね」

あ、つい笑っちゃった。だが彼女は満足気な顔で俺を見ている。

『よし、油断してきてるな。もう少し喋ってれば完全に油断するだろう。偵察続行』

油断してると思われてはいけないやつだな。お喋り続行。

「それで、ホソミさんは」

「えっ」

「ん？」

「何で私の名前」

あー……油断してましたね。うん。

バレちゃあ仕方がない。一部だけ真実を話そう。

「……だってさっき書いてたじゃないですか」

『私のあほぉおおおおおおお』

うん！

「あれは偽名です！」

嘘つけ！

「……面白い冗談ですね」

「冗談じゃないです。本名はえーと、クンぎょるニョッギと言います」

それこそ冗談であってほしい。どこから出てきたそんな発想。

そうだ、ここで俺が素性を明かせば安心してもらえるかもしれない。

「俺は黒主《くろぬし》って言います」

「何で言うんですか⁉」

「……言わない方が良かったですか？」

「親しくも無い人に個人情報ベラベラ喋っちゃダメですよ」

それは一理あるかもしれないけど。前世で敵対する仲だったから知らない人でもないよ、俺的には。

「でも全く知らない奴とご飯食べるのも怖いと思いません？」

「それは……そう……ですね」

『魔王め、意外と賢い！』

その程度で賢いと判断されて良いのか分かんないけど、そりゃ賢くなきゃ魔王なんて出来ませんよ。

とりあえず、自ら個人情報を漏らしておこう。

「黒主真緒《まお》、ウィアード専門高等学校の一年です」

「黒主、さん」

「そう、あだ名はブラックマスター」

「……なるほど」

昔ならカッコいいと喜んで使っていたが、今じゃ少し恥ずかしいあだ名。

『真緒と魔王。うん、一文字違い。やっぱり魔王だ！　名は体を表すって本当だったらしい』

できればブラックマスターの方に何か感想を持ってほしかった。ちょっと恥ずかしいから。

あとこの名前は魔王と全然関係ない。真心を結び紡げとかそんな感じの由来で母さんがつけたものだ。むしろ正義の名前だよ。

まぁいい、とりあえず会話を続けよう。

「で、貴女は？」

「貴女？」

「はい、下の名前」

あ、個人情報がどうとか言ってたし。答えてくんないかな。会話の流れとしては良い感じかと思ったけど。

『普通名乗られたら名乗り返すのが礼儀だろうに、私のバカ！　あぁでも、ここは名乗らないとおかしいかな。でも私の名前は強そうでも何でもない』

別に名前で強さを判断したりはしない。

「わ、私。私は……細見《ほそみ》鈴《すず》、です。黒揚羽《くろあげは》女子大学付属高等学校一年」

『頑張っても、鈴の音チリンチリン位にしかならない。なんだかもう負けた気分だ。悔しい！』

そんな所で張り合わないでほしい。鈴だって良いものだよ、悔しがる事はない……ってちょっと待って。

「黒アゲハって超お嬢様学校の黒アゲハですよね。俺みたいなのと居たら怒られません？」

『学校について食いついてきた。さてはコイツ、また私の友を最初に殺す気だな。なんて卑怯《ひきょう》な奴なんだ！　まぁ怒られるか怒られないかの質問には答えてやっても良い。地獄に行く前の冥途の土産だ』

そんな話を土産にした所で地獄の住人が喜ぶとは思えない。

彼女は笑顔で、俺の質問に答えた。

「大丈夫ですよ。別に恋愛禁止とかじゃないですし、見るからに悪い人と一緒に居る所を見られたら呼び出されますけど……黒主さんは、悪い人に見えませんから」

『見た目なら良いんだよなぁ。中身魔王だけど』

俺は彼女の心を読めるから、心にもない発言だとは分かっている。でも彼女は間違いなく……俺に笑顔を向けた。

ダメだって、喜ぶなって。うっかりトキめいた所で、俺達は良い感じの関係になんてなれないんだから。

頑張って愛想笑いを作る。

「……そう？　なら良かったです。あ、すいません、ちょっとトイレ行ってきます」

「えっ、あっ、はい」

ちょっと気持ちを落ち着かせるために、一時退却だ。

『まさか逃げないだろうな。いや、まだハンバーグを食べてないからそれはない。魔王が目の前のご馳走《ちそう》を捨てて逃げるわけがない』

勇者は魔王が食いしん坊だとでも思っているのだろうか。俺は思いっきり彼女に向かって背を向けた。そのまま店の奥のトイレへと向かう。

俺だったらこの瞬間背後から襲うんだけどな。

＊＊＊

トイレの扉を開ける。無事に辿《たど》り着《つ》いてしまった。まぁそれは良い。

開けるなり鏡に映った、黒主真緒の顔は。

勇者から悪い人には見えないと言われたことに心底喜んでいた。愛想笑いを作り続ける事が出来なかったなんて、なさけない。

このまま仲良くしちゃダメかな、なんて考えまでよぎる。

落ち着けって。前世の俺を恨んでいる彼女に近づいても、彼女は幸せになれない。

決意しよう。黒主真緒と細見鈴が仲良く喋るのは、今夜が最初で最後。そうでなきゃ、誰も幸せになんてなれないから。

＊＊＊

トイレから戻ると、勇者は笑顔で出迎えてくれた。

「おかえりなさい！」

「……はい、ただいま」

新婚の会話みたいな返事だな、とか思っちゃいけない。俺は再び彼女の隣に座った。

『よし、予想通り逃げなかった』

逃げたい気が無い訳でもないけどね。今逃げたら逆に殺されそうだからさ。

「あのっ、ウィアードって……」

「えっ、はい」

「よくは知らないんですけど、何を専門としてるんですか」

突然学校名を出されて驚いてしまった。そこ食いついてくる？

『もう少し親身になった話題をしよう』

親身かなぁ？　まぁいいや。

「ウィアード専門高等学校。ホントに色々やってますよ。芸能、スポーツ、服飾もある。個性を大事にする校風のせいか変わった人が多くて……あ、俺はゲーム作る勉強してるんですけど」

「ゲーム作れるんですか？　凄《すご》いですね……どんなゲームを作ってるんですか」

「最近だと格闘ゲームを作りましたね」

他にもリズムゲームとか、ノベルゲームとか。少々エロいのも作ったことあるけど、それはさすがに言えない。

『ウィアードという名前だけは聞いたことがある。確か日本一規模の大きい専門高校だ。

変わった名前だったからなんとなく覚えていた。まさか日本を征服するための勉強をしているんじゃあるまいな。格闘ゲームも攻撃のシミュレーションとして利用しているのかもしれない』

してない。

日本征服だとか、世界を滅ぼしてやろうだなんて気は毛頭無い。

指先を動かすだけで世界を作る事も破壊する事も可能なゲームが存在するのに、何で現実で全身を動かして世界を作ったり破壊しなきゃいけないんだ。めんどくせぇ。

「お待たせ致しましたー。お席にご案内致します」

店員さんに声をかけられ、我に返った俺は席を立った。

俺よりワンテンポ遅く立ち上がった彼女は、また何やら考え込んでいるご様子。

『しまった。このままでは時間が過ぎていくだけだ。喋ってばかりじゃ隙は生まれないものなのか。喋らないためには一体どうすれば……そうだ。ご飯を食べよう。そうすれば喋れない。食べている間は、奴もきっと黙る』

うん……まぁ……そうだね。正解だよ。お利口さんだね。

その後テーブル席に着いた俺達は向かい合って座った。注文し、料理を待っている間に俺は彼女から「何故空が青いのか」を説明された。俺を逃がさないために何かしらの話を聞かせておきたかったようだが、何故その話をチョイスしたのかは分からない。あと「海とお揃《そろ》いが良かったから」っていう説明は間違ってると思う。

しばらくして、おいしそうなハンバーグが出てきた。

背筋を伸ばした勇者は、両手を合わせる。

「いただきます！」

力強い挨拶をして、フォークとナイフを手に取った。それを俺に向ける事はなく、彼女は丁寧にハンバーグを小さく切っていく。

フォークで押さえつけられたハンバーグに、逃げる場所などなく。スッと入れられたナイフによって、多くの肉汁を溢れさせた。一口サイズになったハンバーグを、勇者は自身の口の中に入れる。さすがお嬢様学校の生徒、綺麗《きれい》に食べるなぁ。

『おいしい。牛さんに感謝だ』

壮大な気もするけど、考え方は偉い。

よっぽどおいしかったのか、一瞬勇者の口元がほころんだ。だが目の前に俺がいる事を思い出したみたいで、すぐに凜々しい顔をして食べ進めた。ハンバーグってそんな真面目な顔して食べるもんじゃないと思うけど……まぁ仕方ない。

俺も勇者ほど綺麗には出来ないけど、ナイフでハンバーグを切って食べた。

おぉ。皿の上に出きったと思っていた肉汁が、まだ口の中で溢れる。だからといって脂っこい訳でもなく。適当に選んだメニューだったが、大正解だ。

このまま無言ってのも不自然かな？

俺が話す分にはおかしくもないだろう。

「うまいですね」

「そうですね」

「デザートも頼みます？」

「いりません」

「遠慮せずに。パフェでもケーキでも。何が好きです？」

「教えません」

……会話が終わってしまった。うぅん、気まずい。俺もそこまで話上手じゃないしな。

困った。

『うるさい奴だ。何でそんなに喋るんだ。知らない人とは喋るなと教わってないのか』

一緒に映画まで観ておいて、まだ知らない人扱いするのか。そもそも知らない人じゃないし。

いっそ無言の方が、大人しい男を演じられるかな？　だとしたら黙って食べよう。

彼女も喋らない事を徹底し、俺と同じように無言でハンバーグを食べていた。

本当に綺麗に食べ進めて……全然攻撃してこないな？　隙を見て攻撃する作戦が、いつの間にか黙って食べる作戦に変わってしまったようだ。

今更ではあるが、彼女は勇者に向いてなかったんじゃないだろうか。

二人とも無事にお店を出た。もちろん攻撃は一度もされず。俺も何もしていない。まぁこれで良いのです。以上。

駅前につき、目の前には金色に輝くクリスマスツリー。彼女と向かい合った俺は礼を言った。

「じゃあ……今日はありがとうございました」

これなら自然な別れ方だろう。とっとと逃げよう。

『どうする私。今逃がしたら一生会えないかもしれないのに。どうすれば……そうだ、彼女になろう』

は？

「あっ、あの！」

「……はい？」

彼女は真剣な顔つきで俺に言った。

「貴方《あなた》の事が好きになりました、付き合って下さい！」

＊＊＊

という感じで冒頭のプロローグに戻る訳だ。「何故勇者は魔王に告白したんだ？」とでも思ったか？　奇遇だな、俺もだ。

いや待て。おい待て。何がどうしてそうなった。混乱してる場合じゃない。あり得そうな可能性を考えてみよう。

パターン一、この短時間で本当に惚《ほ》れられた。

パターン二、恋人になって近づいた俺を殺そうとしている。

勿論嬉しいのは一。

だけど現実味があるのは二だ。いや、勇者だの魔王だの言ってる時点で、普通現実味があるとは言わないんだろうけど。俺からすれば現実味があるのは二。

それで？　答えは？

『彼女になれば、友人よりも一緒に居られるかもしれないし。とりあえず近づいて、いずれ殺す。それに尽きる。殺せなくとも近くに居た方が、この世界で犯罪を犯そうとしている時にすぐ止められるしな！』

ですって。やっぱりな。

しかしこれ何て言えば？　下手な事を言ったら逆上して殺されるかもしれない。いやまぁ何となくだが、この子には人を殺すとか無理なんじゃないかって気もしないでもないけど。

やっぱり付き合わない方が、お互い幸せだと思う。

彼女の中にも、死んだ時の記憶はあるだろうし。奇跡的に普通の恋人として付き合っていけたとしても、ふとした瞬間に前世の事を連想したら。辛《つら》いのはそっちでしょ。

なかった事にしろとは言えないけど、思い出させる話でもない。

そんなに可愛いんだから、他の男だって黙っちゃいないだろう。もっと良い奴と付き合って、俺の事なんか忘れるくらい幸せになればいいよ。というか、なってほしいよ。

『何も言ってこないなぁ。まさか既に彼女が居るとか言わないだろうな。いや、居る訳ないな。魔王だし』

こっちが真面目に考えているのに、ずいぶん失礼な事を考えてるな……居ないけどさぁ……。

『逆に何人も付き合っている子がいて、傷つけているかもしれない。許せない！』

むしろ一人もいませんけど……。

恋人も欲しいが、命も欲しい。強欲な事ではないと思うんだ。とにかく、ここは断ろう。

「あの、とても嬉しいのですが、さすがに俺達まだ出会ったばかりですし」

「でも好きになっちゃったんです、一目惚《ひとめぼ》れです！」

やめろ、その気になるだろ！

「それは嬉しいけど、こう見えて中身はとんでもないド変態かもしれないでしょう」

「大丈夫です、そうじゃないかなと思ってました！」

それはそれで失礼だろ。

あとは何て言って振ればいいかな。嘘でも好みじゃないって言うしかないだろうか。正直振るのはかなり勿体ないいくらい可愛いから、あんまり言いたくないんだけど。

『振られても殺すけどな。お友達にはなってほしいって言おう。それすら断られたら、ここは潔く自害しよう。魔王如《ごと》きに振られるなんてショックが大きすぎるからな。魔王に振られましたって遺書付きで。そうすれば社会的には殺せるだろうし、まだ世のためになるだろう』

……嘘でしょ？　俺は別に、勇者に死んでほしいとは思って無いぞ。そして社会的にも死にたくない。

じゃあ……もう逃げ道無いじゃん。

「……俺で良ければ、よろしくお願いします」

一応笑ってみたのだが、うまく笑えているだろうか？　苦笑いになっている気もする。

彼女の方は、それはそれは愛らしい笑顔を見せてくれたけど。

「あっ、ありがとうございます！　とっても嬉しいです！」

やっぱり、すごく可愛いんだけどな。この笑顔は俺を殺すために向けている笑顔だから。なんとか回避する方法を考えないと。

……待てよ？　無理に考えなくても何とかなるかもしれない。そうだよ。俺には彼女の心を読む能力がある。この能力さえ使えば、彼女の望みのまま動けるし、仮に殺されそうになっても大体は回避出来るだろう。

それによく考えたら、俺と関わらないからって彼女が絶対幸せになる保証なんてどこにもないぞ？　まだ出会って数時間だが、ちょくちょく心配になる点があった。変な奴に高い壺《つぼ》とか売りつけられたら、疑いもせず買いそうな子だ。

俺だってもう変わったんだ。人を傷つける事も、殺す事もしない。

いっそ幸せにしてあげるのも手なんじゃないか、俺が！

本当に惚れさせでもすれば、殺されずにも済むかもしれないし。

よし、そうと決まれば色々考えなければ。とりあえず今は、彼女が出来た事に対し思わずニヤけそうな顔をどうにかする方法を考えよう。

その二　魔王と女勇者が生まれ変わって、友人のアドバイスを元にデートをする。

『しかし恋人って何をすれば？』

おっと、そこからか。まぁ詳しくは俺も分からない。ゲームや漫画での知識ならあるけど、偏った知識である可能性も否定できない。この子の場合発想が普通じゃないから、偏った知識でも通用するかどうか。とりあえず普通に導こう。

「じゃあ手始めに連絡先を教えてもらっても？」

「連絡先って……私のですか？」

他の人の連絡先を聞いてどうしろというのか。

「細見《ほそみ》さんのですよ。ＬＥＩＮとか、電話番号だけでも」

俺はポケットからスマホを取り出した。相手も渋々スマホを取り出す。

『個人情報漏洩《ろうえい》……。まぁ奴《やつ》を逃がさないためだ。仕方ない』

恋人相手に何を言う。無理に全て話せとは言わんが、可能な限り漏洩しろ。

トークアプリを開き、互いに連絡先を交換する。俺のスマホの画面に、彼女の名前とアイコンである猫の写真が表示された。猫好きなのかな。

「この猫可愛《かわい》いですね」

「えぇ、その、いや、とてもブサイクだと思います。あんまり好きじゃないです」

『ここで可愛いとか大好きだとか言ったら、私への嫌がらせに猫を殺害するかもしれない。ブサイクだなんて微塵《みじん》も思わないけど、ここは我慢だ！』

一体どこで我慢をしているんだ。嫌がらせでなくとも、殺すとかしないから。モフモフは正義だぞ？

「俺は好きですよ、猫」

嘘《うそ》ではない。猫好きに悪い奴はいないと思ってくれ……あぁダメだ、彼女の感情が苦笑いになって出てる。

「そう……ですか」

『魔王が猫を可愛いと思う訳がない。何を企《たくら》んで……猫食べる気か！』

食べない。

証明するために猫カフェにでも行くかな。いや、時間も時間だし今日は無理だな。

「そろそろ遅いし、今日は帰りますか。送りますよ」

「いっ⁉ いえ、大丈夫です、自分で帰れます。じゃあここで解散！ あっ、ＬＥＩＮブロックしないで下さいね、約束ですよ。この後は誰とも喋《しゃべ》らず真《ま》っ直《す》ぐ帰って下さい。それじゃ！」

駅の改札口へ走って逃げた勇者。

『魔王に家を知られてたまるか！』

知ってても襲撃したりしないから大丈夫だってのに。ブロックもしない。

彼女の姿が見えなくなった事を確認した俺は、寮の方へと歩き始めた。

さて、今の俺には二つの感情がある。

一つは殺されたくねぇなぁという、人間としての本能的感情。

彼女がこれからどう動くか分からないが、何としてでも阻止していかなければならない。

それから、もう一つ。

いえ〜〜〜〜〜〜い彼女が出来ましたぁ！　という、今までモテなかった男としての本能的感情。

仕方ないだろ、人生で初めて女の子と付き合える事になったんだぞ。はしゃぎたいに決まってるだろうが。相手が俺を殺そうとしているのも分かってる。分かってはいるが、今ものすごく誰かに祝って欲しい。

思わずスキップしそうになる足。さすがに後で恥ずかしくなるやつだからな、耐えろ俺。

「黒主《くろぬし》ー」

寮の玄関口に到着した俺へ声をかけてきた、前髪をセンター分けにした男。大きめの耳が特徴的。紺色のジャージは有名スポーツブランドのものだ。

「立花《たちばな》、今帰り？」

「そう。クリスマスイブだってのに普通に練習だよ」

立花雄馬《ゆうま》。ウィアード専門高等学校スポーツコース球技学科所属。卓球が得意という以外は大した力もない超普通の人間であり、中学時代からの俺の数少ない友人でもある。

友人だしな。言っても良いかな。コイツいい奴だし、きっと祝福してくれるだろう。

「聞いてくれ立花。俺は今日彼女が出来た」

「えっ、嘘⁉　おめでとう！」

「どうもありがとう」

うんうん、コイツは本当にいい奴だ。別の世界線だったら、なんやかんやあってもハッピーエンド確定なラノベの主人公あたりになっていてもおかしくない位いい奴。俺がコイツの立場だったら、おめでとうなんて言わないで「今すぐ地球滅びねぇかな」って言ったと思う。

立花は目尻に涙を溜《た》めている。そこまで喜んでくれるとは、なんていい奴なんだ。

「本当に良かったじゃん。黒主、顔は良《い》いのに中学の時は厨二病《ちゅうにびょう》が酷すぎて女子どころか男子にも全く近寄られなかったし。彼女とか出来ないと思っ」

「やめろ！　俺の恥を口にするな！」

いい奴なんだが良くも悪くも正直に言う所がある。

それに俺の中学時代は別に厨二だった訳じゃなくて、前世が前世だっただけだ。ちょっと一時期、魔王である事を名乗って喋るのが楽しかっただけ。

「だって事実じゃんか。同じクラスになった事ない僕が知ってるくらい、悪目立ちしてたんだよ？」

「それはそうだが……」

「でも本当に良かったじゃん。あ、もしかしてあの人？　黒主がよくおんぶしてる、黒髪美人の」

あっ……。

その人の顔が頭をよぎって、俺は思わず頭を抱えた。

「違うんだ立花、あの人とはそういう関係じゃない。同じコースの、ただの先輩なんだ」

「そうなの？　すごい美人だから、羨ましいなぁって思ってたのに。じゃあ今度僕に紹介してよ」

「やめておいた方が良い。あの人はほんと……悪魔みたいなものだから」

「小悪魔って事？」

「サタンの方が近い……」

俺の説明に納得がいかないのか、立花は口を尖《とが》らせていた。

「そこまで言う事ないでしょ。でも、あの美人さんが黒主の恋人だと思ってる人いっぱいいると思うよ？　だから黒主、高校入って普通の喋り方するようになったのにモテないでしょ？」

モテないとストレートに言われて、少し悲しい。

「確かにあの人といると、女の子どころか人が寄ってこないけど……」

「僕も近寄りがたいなって思った。高嶺《たかね》の花っていうのかな。そんな美人と付き合える黒主ってすごいなぁズルいなぁって思ってた」

「誤解だって。あの人の中身を知ってる人は皆、あまりの恐ろしさに逃げるんだ」

「そんなに怖い人なの？」

「ある意味怖い。初対面の俺に向かって『おーい魔王ーっ』って声かけてきたりする」

「初対面なのに黒主の黒歴史を知ってたの？　それは確かに怖いね、誰かに聞いたのかな」

「分からない。というか黒歴史ってはっきり言うのやめろ。とりあえず、先輩は変な人だから。本当は俺も関わりたくないんだけど、先輩だから逆らえなくてな」

本当は何故《なぜ》俺が魔王と呼ばれたのか分かってるんだけど、立花に言っても混乱されるだけだろうから言わない。

「そっか。それよりさ、黒主の彼女になった子ってどんな子？　うちの学校の子とか？」

さすがは良い奴。怖い人の話を深掘りしないで、別の話題に変えてくれる。

「いや、黒揚羽《くろあげは》の子だ」

「黒アゲハって……超お嬢様学校じゃん！　いつかお友達でも紹介してってって言ってよ。僕も彼女欲しい」

コイツ良い奴だからすぐ彼女出来ると思うんだけどな。常識あるし、優しいし……そうだ。

俺は立花の肩に腕を回した。

「おい立花。ちょっと彼女とのこれからについて相談に乗ってくれ」

「彼女いない奴にそんな相談する⁉」

「後生だ！」

「そんなのを後生にしなくてもいいけど」

寮の部屋の中へ立花を連れ込んだ。連れ込むなら女の子が良かったが、そんな事を言っている場合ではない。

カーペットの上に座り、腕を組んだ立花。

「なるほど。実は黒主は子供の頃彼女をイジめていて、彼女は付き合うふりをして黒主に仕返しをしようと企んでいると知ってしまったって事ね？」

という設定にしておいた。

俺が魔王である事は中学時代に知られているが、ただの厨二病だと思われているのでこれ以上は言わない。

折り畳みの机を挟んで、立花の向かい側に座った俺は大きく頷《うなず》いた。

「あぁ、俺としては彼女から仕返しをする気持ちをなくし、幸せにしてやろうと考えてる。けどその方法が分からないから。立花は常識あるし、何かいいアイディアないかなと思って」

「簡単だよ」

「本当か！」

「うん」

まさかこんなにも早く解決案が出るとは思わなかった。さすが立花！

「何だ、俺は何をすればいい」

「謝んなさい」

「……うん？」

「ちゃんと話し合って、土下座してでも謝りなさい。っていうか黒主、お母さんにそういうの厳しく教わってきたんでしょ」

「いや、そうだな。そうなんだけど、正直土下座でも許してくれなさそうな雰囲気なんだよな。土下座だけで許してもらえるのかなって」

「そういうのはダメだった時に考えようよ。仮に彼女の事が好きでイジめてたんだとしても、相手が傷ついてたんならそれは謝んないとダメだよ」

うーんド正論！　だが俺が欲しかった案はそういうのじゃない。

「やり過ぎたのは分かってる。ちゃんと反省もしている。それでも彼女と付き合っていきたいんだ。だから俺は、土下座の後どうしていけばいいのかが知りたい」

「まぁ反省してるなら良いけど、許すか許さないかは彼女次第だからなぁ。とりあえず、しばらくは彼女の喜ぶ事をしてあげるしかないよね」

俺は思わず正座する。勇者が一番喜ぶのは俺が死ぬ事なんだろうが、その案は却下だ。そこまでする事はないと思う。

「女の子ってどんな事をすれば喜ぶんだろうか」

「女の子でもなく彼女持ちでもない僕にそれを聞いてくるのは間違ってると思う」

「それはそうなんだけど、他の人にも聞きづらいし」

「まぁ、内容が内容だしね」

「とにかく、女の子と付き合ったからには恋人同士ですること全部、イチャイチャな展開にしたいんだよ。分かるだろ」

これが今の俺の本音である。最低だ何だと言われようと知ったことか。

真顔になった立花。他の人が真顔だったら「変な事言ったかな」って不安になったけど、立花の場合は問題ない。

むしろコイツの場合、心を読んでも大丈夫。ちょっと試してみよう。

『めっちゃ分かる～～～～～～～～～～っ！』

「うん。めっちゃ分かる」

テンションに差はあれど、このように心の中で思った事と大体同じ事を発言するからだ。心を読める者として、一緒にいて気が楽。すごく助かる。

初めて心を読んだ時の感動は今でも忘れられない。違うクラスだったのに、中学の卒業式の日に「同じ高校行く者同士仲良くしようよ」って言って俺に近づいて来てくれてありがとう。

そしてあの時は『この野郎、何企んでやがる』とか疑ってしまって本当に申し訳なかった。疑っちゃうくらい友達がいなかった。許して。

ブーッ、ブーッ。

机の上に置いていた俺のスマホからバイブ音が響いた。

振動で揺れるスマホを手に取り、画面に表示された相手の名前を目にする。

【悪魔】

これは本当に悪魔から電話がかかってきた訳ではない。悪魔みたいな人物の電話番号を、悪魔という名前で俺が登録しただけだ。今日は厄日かもしれない。

「電話？　出て良いよ」

「いや、悪魔からの電話だから。九割どうでもいい事だから。後でいい」

「悪魔からの電話って……もしかして、黒髪美人の先輩？」

「そうとも呼べる……」

バイブ音が消えた。かと思いきや。

ピロン、ピロン、ピロン、ピロン、ピロン。

「え？　今度は何？　ＬＥＩＮの通知音？　壊れた？」

「いや、電話に出なかった事に腹を立てた悪魔が連続で連絡してきてるだけだよ」

立花の顔が引きつっている。どんなに相手が美人でも、関わらない方が良いと理解してくれたようだ。良かった。

「電話出た方がまだ良かったんじゃないの……？」

「今更だろ。大人しくなるのを待つしかない」

音が止まった。三十五件の未読メッセージがあるという通知を見て、ため息を吐《つ》きそうになった。立花に心配させまいと堪えたが、もしこの場に俺一人だったら間違いなく吐いていただろう。

怖いからもう少ししたら開こう。そう思いながら、スマホを机の上に戻そうとした。

ピロン、ピロン。

またか。

ため息を吐いて画面を見た俺は、思わず目を見開いた。

今きた通知は、勇者からの連絡だった。

【明日デートしませんか！　ショッピングモール行きたいです。色々なお店見たいなぁ】

わくわくと音符を飛ばす猫のスタンプも押されている。明日だなんて急すぎる誘いだが、悪い気はしない。むしろ心弾む。もうデートって単語だけでテンション上がっちゃう。

「……大変だ立花、黒アゲハの彼女からデートの誘いがきた」

「え⁉」

「ほれ」

俺は彼女とのやり取りだけが見える画面を開く。立花は若干興奮気味に俺のスマホ画面を覗《のぞ》き込《こ》んだ。

文面だけなら本当に恋人に見える。

ただなぁ……。この文字の裏じゃ、俺を殺す事しか考えてないんだろうな。

この「ショッピングモール行きたいです。色々なお店見たいなぁ」って文も訳すと「なんでもいいから死んでくれ」になると思う。俺の能力では画面越しに相手の気持ちを読み取る事が出来ないから、憶測でしかないけれど。きっと彼女はそう思っているはず。

ショッピングモールなんて人が多くて殺しにくいと思うんだけどな。洋食店で店員を味方だとか言ってたし、仲間になってくれる人がいるとでも思ってるのだろうか。

画面から目を離した立花は、何故か怒りだした。

「何だ、普通にイチャラブしてるじゃん！」

「このレベルならまだイチャラブじゃなくないか？」

「そんな事ないよ。僕からしたら彼女とＬＥＩＮしてる時点でイチャラブだよ。勝ち組すぎて黒主ズルい！」

「ズルくもないだろ、俺だって困ってるんだから」

「困ってるって、何が？」

「……実は好かれてないって事だよ」

本当は殺されそうだって言いたいけれど、そんな事を言ったら大変な事になるだろうから言わない。

咄嗟《とっさ》に言った好かれてないという言葉も、悲しきかな嘘ではない。立花も納得している。

「そっか。好かれてないのにデートに誘われてるなら困るよね。でもやっぱズルいよな」

「同情しているのか、してないのか。どっちだ」

「してるよ。でもさ黒主、これはチャンスでもあるじゃん」

「うん？」

「デートしたいって彼女が言ってるんだから、デートするのが正解じゃん。別に冬休み予定ないんでしょ」

簡単な答えを口にした立花。だがその答えは俺の中でとっくのとうに用意されている。困っているのは途中式が分からないって事だ。

「まぁ、予定はないけど……」

「黒主はどっか行きたいとこないの？　ショッピングモールに限らずともさ」

俺が彼女と行きたい所と聞かれたらまずプールか海と答えたいが、もしかしたら溺死させられるかもしれないという可能性があるので却下だ。水着を見たいがために命を危険に晒《さら》す事は出来ない。

あとはゲーセンも嫌いではないが、勇者を連れて行く場所としては芳しくない気がする。場所によっては空気が悪かったりガラの悪い連中がいたりするかもしれないからな。きっと全部俺のせいにされる。何もしていないのに疑われたくはない。それに俺が好きなゲームって、どちらかといえば家庭用のかブラウザで出来るタイプのだから。むしろ……。

「アニメグッズやゲームソフトがいっぱい売っているところ……」

「それはどうだろう。黒アゲハ通ってるお嬢様が行くのかな。彼女も黒主と同じような趣味してるの？」

「さぁ？」

「さぁって……分かった。黒主はまだ彼女がどんな子なのか分かってないんだ。まず何が好きか嫌いかくらい知らないと」

「嫌いなものなら知ってる」

「何？」

「俺」

「それこそフォローがしづらい！」

だって本当なんだもんさ。

でもコイツの言う事はもっともだ。確かに俺は彼女の事を知らなすぎる。

「分かった。じゃあ次の初デートでの目標は、彼女の好みを知る事にしよう」

「むしろ付き合う前に知っててもおかしくない気がするけどね」

厳密には映画観《み》たりハンバーグ食べたのもデートのようなものの気もするので、初デートではないような。あぁでも付き合い始めてからは初デートか。よく分からんな。

立花は突然その場から立ち上がった。

「あっ、ヤバい。そろそろ帰る。今夜テレビで卓球試合の生中継があるんだ」

俺も立ち上がって、入り口までだが立花を見送る。

「なんかすまんかったな。突然相談したりしてさ」

「僕は話聞いて自分の思った事を言っただけだよ。だからこれからどうなるかは黒主次第。一応応援はしてあげるからさ、頑張れ！」

立花はヒラヒラと手を振り、自分の寮棟へと帰って行く。本当にいい奴だよ。

魔王のままだったら、作れなかったであろう友達も出来てしまった。

だから……自分勝手と言われても仕方はないが、やっぱり俺は生きていきたい。

生きていきたいけど……悪魔からの連絡を無視していれば、それはそれで殺されかねない。

いや、殺されるより恐ろしい生き地獄になる可能性もある。

俺は仕方なく、悪魔から来たＬＥＩＮを開いた。

【二人はウニウニのコラボカフェに行きたい】

「勝手に行って来てほしい」

つい本音が口に出てしまった。でもどうせ強制的に連れて行かされるんだろうな。辛《つら》い。

「二人はウニウニ」、それは変身魔女っ娘《こ》系アニメのタイトルだ。俺も布教されて観はしたものの、ヒロインをＮＴＲかけた敵のチャラ男が好きじゃなくてそこまでハマらなかった作品だ。

【一月末に予約したから。奢《おご》ってあげよう。優しい先輩で良かったな】

えっ？　一緒に行くこと確定？　事前に俺の都合とか聞かないの⁉

【コースターはランダムで十五種類。一メニュー頼んで一枚もらえる】

十五品食えって事かな……。

【コースターは全部あたしのものだ】

それは別に構わない。一応奢って貰《もら》えるらしいし。本当は行きたくないけど。

【暇なので推しの画像を送ります】

そのメッセージを最後に、二人はウニウニの画像が大量に送られて来ていた。ＬＥＩＮには画像を一度にまとめて送るアルバム機能ってのがあるのに、何で一枚一枚送って来るんだろう。きっと嫌がらせなんだろうな。俺を暇つぶしに使うの本当にやめて欲しい。あとヒロイン達《たち》の画像の間にチャラ男の画像を挟むのもやめて欲しい。俺がＮＴＲ地雷でこのチャラ男好きじゃないの知ってて送って来るんだから本当に嫌な人だ。やっぱり行きたくないな。でも行かないときっと酷《ひど》い目に遭わされるんだろうな。ため息しか出ない。辛い。

あ、この悪魔も性別は女だからな。いくら内容がコラボカフェの付き添いであっても、勇者には女性と二人で食事に行くとでも伝えておいた方が良いんだろうか。後々バレて浮気だと思われても困るからな。あの悪魔が浮気相手だと思われたくない。

勇者の事だから浮気を疑わなくても『きっと魔王に騙《だま》されているんだな、可哀《かわい》そうに！』とか言う可能性もあるけど。

ひとまず悪魔の事は忘れて、明日の勇者とのデートの事だけを考えよう。

それはそれで気が重くなってくるけど。

とりあえず少し体でも動かして、気を紛らわせるとするか。明日のデートのための服を選ぶべく、俺はクローゼットの扉を開けた。恋人とのデートだからな、多少はコーディネートも気を遣わないと。俺、服選びが終わったらゲームするんだ……死亡フラグかな。

＊＊＊

勇者とのデート当日。待ち合わせたのは、大型ショッピングモールの前。時間にはなったが、彼女の姿はまだない。俺を殺そうと張り切って早く来るものだと思ってたけどな。

壁際に寄り、一人静かに彼女を待つ。これじゃあ俺の方が張り切ってたみたいじゃないか。ちなみに昨日考えたコーディネートは、結局茶色いダッフルコートで隠れてしまっているのだからどうしようもない。

向かいのビルの壁面に取り付けられた大型ビジョンから、ポップな音楽と共にあどけない顔立ちをした少年の映像が流れてきた。

「皆さんこんにちは、佐川《さがわ》ライムですっ。この度、僕達のニューシングル発売が決定しました！」

あれ、あの子昨日の映画に出てきた主人公役の子じゃん。佐なんとかって言われてた子。あんな暗い映画の主人公やってたのに、本人はめちゃくちゃ明るい感じじゃないか。雰囲《い》気も大分違う。絶対キャスティングミスだな、可哀そうに。次はその良い顔をちゃんと活かしてもらえる仕事がくるといいな。

「お、お待たせしました」

聞き覚えのある声がして、俺は大型ビジョンから目線を少し下に向ける。そこにはプルプルと足を震わせながら歩いてくる勇者の姿があった。昨日と同じ白いコートの下に、シンプルな水色ワンピース。グレーがかった薄めのタイツに、黒いハイヒールを履いている。

その歩き方に勇ましさなんて全くない。まるでチワワのようだ。

「いえ、そんなに待ってないんで……大丈夫ですか？」

「大丈夫です、行きましょう」

これはデートのためにオシャレをしてきたものの、履きなれていないハイヒールに苦戦してるって事で良いんだろうか。大丈夫って言ったけど、きっと大丈夫じゃないんだろうなぁ。

『いざって時にハイヒールの角で殴って殺せると思って履いてきたけど……履いてくるんじゃなかった』

そんな理由で履いてくるな。

せっかく可愛い見た目してんのに……ちょっと期待してしまった俺の心を返してくれ。


俺達はショッピングモールの入り口へ向かう。だが彼女のスピードは、どうも一歩一歩が遅い。よろけてはカツン、よろけてはコツン。そんな音を響かせている。これのせいで遅刻したのか。別に時間に追われてる訳じゃないし、どんなに遅くても構わないけど。

『本当に歩き辛《づら》いな、もう殴ろうかな』

展開が早すぎるだろうが。

ぶっちゃけ殴られそうになっても避けられる気がするし、そのままにさせておいても良いんだけど。ここは大型のショッピングモールで、今日はクリスマス本番。とにかく人の動きが多い。そんな中、女がハイヒールで男を殴ったらたとえ俺が死ななくとも相当な騒ぎになってしまうと思う。それは避けたい。それに何より、俺は彼女とイチャラブしたい。

「あの、やっぱり大丈夫ですよね」

「いいえ大丈夫です！」

俺の問いに、彼女はハイヒールの方を見て答えた。せめて俺の顔を見てから嘘をつけ。

「そうは見えないんですよ……なので、良かったら手とか繋《つな》いでみませんか」

「はい⁉」

「支えがあった方が良いかなと思って」

嘘ではない。ただそうする事によって、俺は彼女と手を繋げるし、自分の命も守れる。

『魔王が人を支えるだと、何が目的だ！』

支える、つまり敵意が無い事の表明と、自分の命を守る事。そしてやっぱり彼女と手を繋いでみたいというのが目的です。

「いえ、そんなご迷惑になりますから」

勇者は胸の内を隠しつつ、首を横に振る。俺に隠し事は出来ないので諦めてくれ。

「いやいや、物は試しに」

勇者の隣に立った俺は、左手で彼女の右手を握った。恋人繋ぎなんてレベルの高いものではない、スタンダードな繋ぎ方。それでも彼女の指の細さと温かさがよく分かる。

全く知らない奴が急に手なんか繋いできたら訴えられてもおかしくないが、一応恋人なんだから少しくらい良いだろう。

俺は恐る恐る勇者の表情を確認した。すごく嫌そうな顔をしてたら、さすがに泣く。

……えっ。

勇者は顔を真っ赤にさせていた。

殺そうとしてきてる訳だし、好かれてはないと思ってたけど。

もしかしたら、ほんの少しは恋人として見てくれてたり――。

『――※$&%@ww・##~~~』

……なんて？

声とは呼べない、なんだかよく分からない音を出してきた。それ程動揺してくれているという事だろうか？

「えっと、大丈夫ですか？」

俺の問いかけに、勇者は肩を大きく跳ね上げた。

「えっと、その、何ともないです。ただ……男の人と手を繋ぐの、初めてだったから、緊張して。で、でも、大丈夫です。これくらい、別になんとも……」

『相手は魔王なのに、どうしよう、手が、顔が、熱い！』

何ともって事はないじゃないか。

俺もつられて赤くなってる気がするんだけど、どうしてくれるんだ。

『落ち着け。相手は魔王だ。はっ、待てよ。これは魔王の動きを封じたという事になるな。恥ずかしいけど仕方ない。このまま進もう！』

彼女はにっこり微笑《ほほえ》みながら、俺の手を握り返した。

「ありがとうございます。これすごく良いですね。ずっとこのまま握っててください。私も絶対に離しません」

　繋いだままの理由を知ってしまったが故に、素直に喜べない。けど、繋いでいてくれるなら良しとするか。

「じゃあ、行きますか」

「はい。私、階段に行きたいです！」

　突き落とそうとするな。


　一応階段には行ったものの、突き落とされる事はなかった。手を繋いでいるため突き落としたら自分が巻き込まれると、勇者が気づいてくれたおかげだ。気づいてくれて本当に良かった。

　特に目的があった訳でもないので、適当にぶらぶらして回る。俺を殺すという彼女の目的は勿論《もちろん》無視だ。逆に彼女の好きなものを知るという、俺の目的は果たすようにしたい。

「何か気になるものとかあります？」

「うーん……あれですかね」

「ん？」

　彼女が指さしたのは、お茶屋さんだった。紅茶や緑茶など、さまざまなお茶が透明な容器に入れられて並んでいる。どうやらその場で試飲し、気に入った茶葉のパックを購入できるお店のようだ。

『あの薄い赤色の水に、黒い葉が浮いている紅茶っぽいやつ。なんてカケレバコロリにそっくりなんだ』

カケレバコロリって、例の毒薬だよな。でもあれ普通にお茶だと思う。

『あれ飲めばコイツ死ぬかもしれない！』

いやぁどうだろう。あれ普通にお茶っぽいから。

彼女は目を輝かせて俺を引っ張っていく。

「美味《おい》しそうなお茶ですね。行ってみましょう」

その行動は大変可愛らしいのだが、発想が大変可愛らしくない。どう見たってあれはお茶だ、毒じゃない。あと足元ふらつかせながら急ぐな、危なっかしい。

彼女の視線に気づいたのか、店内に入ったと同時に店員さんが紙コップを両手に一つずつ持って差し出してきた。あの赤い水がそこそこな量入っている。

「新製品のハーブティーです。ぜひお試し下さい」

紅茶じゃなくてハーブティーだったのか。

絶対死なないと思うので、俺は嫌そうな素振りを全く見せずにお茶を受け取った。というか普通に嫌じゃないしね。

同じように店員さんからお茶を受け取った勇者。

『間違いない。この店員さん、私の味方！』

それは絶対違う。

『さぁ飲め、疑う事なく飲め！』

はい。

俺は躊躇《ためら》う事なく一気に飲んだ。だってどう見たってお茶なんだもん。店員さんも怪しいところなんて何一つないし。勇者に飲めと言われずとも飲んだよ。

そして肝心の味はというと、さっぱりしてて結構うまい。それに、当然だけど死にそうにもない。

横目で彼女の様子を窺う。がっかりした顔してるかな？

……あんまり好きな味じゃなかったようだ。顔で表現している。俺の事など気にもしていない。まだ半分くらいカップの中に残っているお茶をマジマジと見つめている。っていうか何で一緒に飲んじゃったの？　せめて俺の反応を見てから飲めばよかったのに。

『なんて妙な味をしているんだ……』

まぁハーブって好み分かれるよね。ともかくこれで死ぬ事はないので、俺は素直に感想を述べた。

「うまいですね」

「じゃああげます」

「えっ」

「お気に召したのならどうぞ」

ただ単純に自分は好きじゃないけど、残すのも悪いと思っての行動だろう。

そして少女漫画のように間接キスになっちゃう、キャア！　みたいな発想はないらしい。むしろ俺の方が気にしている。ねぇいいの？　本当にいいの？

よしいこう。

「じゃあ、いただきます」

コップを受け取り、一気に口の中にお茶を流し込んだ。

何と言うか、うん。とても美味にございます……。

正直さっきのよりうまい気がする。女子の飲みかけ効果強い。さすがに彼女には言わないけど。

「うん、うまい。買って行こうかな」

『きっと買い占めとかするんだろうな。なんて迷惑な奴なんだ』

そこまでうまい訳じゃないな。

俺はハーブティーの小さな詰め合わせセットを一つだけ買って、勇者と共に店を出た。

魔王がカケレバコロリに似たものを買うはずがない。そう思わせたかったのだが、彼女には通用しなかった。

『魔王め、苦手を克服したな！』

などと思われている。克服は悪い事じゃないんだし良いだろうが。そもそもカケレバコロリが対魔王として本当に効いたのかも分からないし。

「お茶が好きなのですか」

彼女の好きなものを探ろうとしたのに、逆に探られた。でも雑談に花を咲かせて、良い雰囲気になれるかもしれない。ここは正直に答えよう。

「いや、たまたま気に入っただけですね。そもそもお茶淹れるのなんて寮に入ってからは一度もやってないです。実家だと母さんが淹れてくれてたの飲んでたりしたけど、一人だとなかなか」

勇者は目を輝かせて俺を見始めた。愛らしい目だが、ろくでもない事を考えている目にも見える。何故急にそんな目に？

『一人暮らしだって⁉　つまり……誰の迷惑にもならず殺し放題という事か！』

ろくでもなさすぎるだろ。

マズい、普通の雑談から殺人計画を練られたようだ。

「一人暮らしなんて、すごいですね」

「一人ではないですよ、あくまで寮だから」

「ルームメイトとかがいるんですか?」

「いや完全個室ですけど」

「じゃあ今から遊びに行ってもいいですか!」

『密室殺人を作ろう!』

せめてトリック思いついてから言ってくれる? その計画は念入りに考えられたものじゃないだろう。

展開が早い、というより雑なんだよ。その計画は念入りに考えられたものじゃないだろう。一度しかついていない餅みたいなもんだろう。それで今まで散々失敗してきたじゃないか。どうせまた失敗に終わるんだろうから、早く諦めてくれればいいのに!

とは言えないので、適当な断り文句を言っておく。

「これからはちょっと。部屋汚いですし」

「気にしません、むしろ片付けます!」

ラッキーとか思ってはいけない、彼女が片付けようとしているのは俺だ。

「いや部屋の片付けくらい自分でやりますよ。それに壁薄いから。隣の人の声とか聞こえるだろうし、逆に聞かれるかもしれないので、落ち着けないと思います。1Kでそんなに広くないし」

半分嘘である。寮で課題やったりする事を想定されてるから、壁は防音仕様。むしろ殺しには最適。殺させないけど。

「大丈夫です。なるべく静かにしますから」

『静かに殺すってどうすれば良いんだろう』

考えてから言って。

マズい。何を言っても諦めなさそうだ。彼女が部屋に来るだなんて、話自体は魅力的なんだけどな。仕方ない、ここはあえて悪い男になろう。

「抱きたくなるからダメです」

「抱っ⁉」

仏のような笑みを彼女に向けて、ひどい理由で断った。何も嘘は言っていない。二人きりになったら、本当にそういう気を起こすかもしれないし。

ただこんなショッピングモールの通路でする会話じゃなかったようだ。横を通り過ぎたおっさんの視線が俺の背中に刺さる。

顔を真っ赤にさせて体を震わせている勇者。

『魔王め、何て下劣な！』

失礼な。恋人を想《おも》っての言葉だぞ。

あくまで誠実な男を装って、彼女に断りを入れる。

「付き合うからには大事にしたいので。覚悟が出来たらまた言って下さい」

「わ……分かりました」

お。思ったより大人しく引き下がったな。いくら勇者とはいえ、やっぱり女の子だしな。自分の体は大事にしたいよな。

『抱かれる前に殺してしまえばいいだけだし、本当は今すぐ行きたいが……それだと私が尻軽な女みたいに見えるからな。清純な女を演じ油断させるために、今回は諦めておこう』

そんな事を考えている時点で清純な女ではない。

「あっ、私以外の人を家に連れ込んじゃダメですよ」

さては俺の事を軽い奴だと思っているな？　俺は生まれ変わってから誰一人抱いた事がないんだぞ？　そこまでは言いたくないから言わないけど。

「分かりました。家族以外は連れ込みません」

つまり勇者を連れ込んだ際は、将来的に家族にするという意味を含ませている。アホの子に今すぐ気づけというのは無理があるだろうが、夜寝る前にでも気づいて動揺してくれたら嬉《うれ》しい。

『家族……コイツ、自分の家族までも手をかけたりしてないだろうな⁉』

無理そうだな。

そうだ、家族の話もしておくか。

「家族と言えば、俺の母親警察官なんですけど」

「嘘つかないで下さい！」

勇者が頭ごなしに否定するな！

「いえ嘘じゃなくて。ほんとに。だから悪い事とか一切できなくて」

おもちゃの横取りとか信号無視とかも悪い事だろうけど、それは母親に教育されてもうしないようになったからノーカンにさせてくれ。

未《いま》だ疑いの目を向けてくる勇者。

「だから一人暮らしするために寮のある学校へ……？」

「あ、それは違います。ゲーム作れる学校で一番良さそうだったってだけ」

「そうですか……じゃあ黒主さん、お母さんに逮捕された事もないんですね？」

「あるわけないでしょう」

あったら今もこんな所にいない。

『魔王の母親が警察官だなんて、本当にそんな事あるのか？』

あるんですよ、それが。

『もしや遠まわしに警察は既に魔王の手の内だと言っている……？』

それはないです。親が警察官だからと言って俺が警察をどうこう出来るなんて事は一切無い。通報が早く出来るって利点はあるかもしれないけど、今までの人生で通報しなくちゃいけないような出来事もなかったからどうなんだろうなぁ。

『もしかしたら魔王は親ですら洗脳しているのかもしれない。ここはまず奴の両親に会って洗脳を解――』

「細見さん、俺コニクロ行きたいです」

別に行きたくもなかったのだが、話を逸《そ》らすために目の前に見えた服屋を指さした。さすがに両親に会わせるのは気が早すぎるって。何言われるかも分からないし。

勇者はキョトンとした表情で俺を見つめている。中身はアレだが、可愛い。

「えっ、コニクロですか」

「はい。知ってます？」

超お嬢様学校通ってるような子だからな。かなり金持ちな家庭で暮らしてるのかもしれないし。だとしたら庶民の味方である洋服店、コニクロを知らなくてもおかしくはないと思う。女の子の服とかよく知らないが、今着てるワンピースとかもブランドものだったりするのかな？　デザインがシンプルすぎて、あんまり高そうには見えないけど。

勇者は看板を眺め、大きく頷いた。

「し、知ってます。見た事ありますから！」

「……入った事は？」

「たまたま機会がなかっただけです！」

やっぱりなぁ……。

店内に入るや、三体のマネキンがお出迎え。男の人、女の人、子供と、家族層をターゲットにした服が着せられている。勇者は女の人のマネキンが着ている白いワンピースを見ていた。ウエストにリボンのような形をしたベルトがついている。なかなか可愛らしいデザインだ。値札には３９９９円の文字。まぁコニクロならそんなもんじゃない？　探せばもう少し安くて良いのもありそうだけど。

「このお店はバーゲンってイベントが開催中なんですか？」

バーゲンは聞いた事があるらしい。でも詳細は知らないようだ。

「この店は常にこの値段ですよ。値下げされればもっと下がるでしょうけど」

「そんな！　ワンピースが五桁じゃないなんて……」

ん？　ゴケタ？　四桁でもそれなりに良いやつじゃない？　古着屋で三桁のものだって見た事あるし。まさか今着てるそれも五桁以上のお値段なんですか？　これは誕生日とかイベント事があった時のプレゼント選びが大変そうですわぁ……。

『もしや魔王がお店を脅迫して安くさせてるんじゃ！』

そんな事をするくらいなら、いっそタダで強奪する。

決めた、誕生日プレゼントは駄菓子詰め合わせとかにしよう。本来は彼女の誕生日にそんなもんプレゼントするような男はぶん殴られてもおかしくないだろうが、勇者には良い社会勉強になるだろう。庶民の感覚を五感で覚えてくれ。

『しかし可愛らしい。本当にこんなに安くて良いのか？』

マネキンが着ているワンピースを、ジッと見つめている勇者。喜べコニクロ、お嬢様のお眼鏡にかなったらしいぞ。

「気に入りました？」

俺の問いかけに勇者はブンブンと首を左右に振った。

「い、いえ。買いませんよ！」

『こんな可愛らしいデザインじゃ、私には似合わない』

そんな事ないと思うよ。勇者もマネキンみたいにスタイル良いし、似合うと思うんだけど。

『それにワンピースを買って良いのは年に二回と決めているんだ。魔王め、私を惑わす気だな！』

そんな決め事知るか。だが一応お金は大事にしているようだ。湯水のように使うタイプじゃなくて良かった。

「じゃあ俺の選んでもらえます？　正月に着る服とか選ぼうと思うんですけど、何か良いものありますかね」

本当は服を買う予定なんて一切なかったけど、店を出たらまた殺すってなりそうだし。コニクロの服なら俺のお小遣いでも大体買えるだろう。

俺の適当なオーダーに表情を歪《ゆが》めた勇者。可愛い見た目してるんだから、そんな顔しないで。

『魔王が着るための服など選ぶ気にもならない。でも何か服を選んでやらないと、全裸で動き回るかもしれないし』

そんな趣味はない。

勇者は俺から手を離して、陳列された棚の中から一着の服を手に取った。手を離されたのは悲しいが、俺のために離したと思えば仕方ない。

彼女が手に持つ青色のそれは、商品としては素晴らしいものだった。だけどね。

「細見さん、俺さすがにスカートは穿きませんよ？」

「えっ」

「あ、自分用にでした？」

「いえ、黒主さん用にと」

「穿きませんからね？」

スカートを折りたたんだ勇者は、渋々と棚に戻す。何でそんな渋々してるの？　俺はそんなにスカートが似合いそうなのだろうか。

『選り好《えごの》みするとは生意気な』

選り好みの範疇《はんちゅう》を超えてるんだよ。そりゃ好きで穿く男もいるだろうけど、俺はスカートを穿く気はない。

『大体以前は穿いてたじゃないか。だからスカートを選んだというのに』

以前って、まさか前世の話をしているのか？　あれはスカートじゃない、ローブだ。

『ワンピースならいいかな』

「細見さん、セーターにします。セーターにしましょう。セーター選んでほしいです」

ワンピースもスカートも、俺にとっては似たような難易度だ。だったら先に選択肢から外す。別にセーターが欲しかった訳じゃないけど。

「セーターですか……分かりました。セーター探しましょう」

慣れないハイヒールで歩く勇者の後ろをついて歩く俺。また手を繋ぎたい気持ちもあるんだけど、ヨタヨタ歩く後ろ姿もなんか可愛く見えてきたし。セーター選んでもらうまではこのままでもいいかな。転びそうになったら摑《つか》める範囲の距離は保っておこう。

店内の中央に、セーターが置かれたコーナーを見つけた。ハンガーにかけられたセーターの一枚を手に取った勇者。シンプルな黒いセーターは、着回しもそう難しくなさそうだ。

彼女は俺の体にセーターを押し当てて、似合うかどうかをチェックしてくれている。

何だこれ、すごい付き合ってるっぽいじゃないか。いや違う。もう付き合ってる。でかした俺。なんて偉いんだ。

「似合います？」

ちょっと調子に乗って、質問を投げかけてみる。

「よく分かりません。あるんですかね、似合う服」

質問しなきゃよかった。浮かれた気分が一気に下がる。似合わないと言われた方がまだ良かった。

『そもそもどうでもいい』

追い打ちまで食らわせないでほしい。

黒いセーターを戻し、灰色Vネックのセーターを手に取った勇者。再び俺の体に押し当て、うーんと唸《うな》る。

「どうですか？」

「さっきよりは似合ってしまっているような気がします」

普通に似合ってると言って欲しい。

でもこれが、彼女からの最上級の誉《ほ》め言葉な気がする。俺が元魔王である限り、素直に似合うという言葉が聞けるとは思えない。そんなに服に興味がある訳でもないし、そろそろ店を出るか。

「じゃあこれにしますかね。あまりに高いなら考えものだけど、いくらですか」

二人揃《そろ》って値札を覗き込む。９９０円。ふむ、この質の良さでこの値段は安い。かなりお買い得品だ。

『こんなに質が良いのに、安いなんて』

それがコニクロの良さだ。

だが彼女は納得いかないらしい。

「不良品ですかね？」

「そんな事ないです」

店員さんが聞いてたらどうするんだ。

どうやら金銭感覚が相当お狂いになっているようだ。勇者やってた頃は旅とかするのに自分でお金の管理とかしてたはずなんだけどな。まぁそういうのは家庭環境があってのものだろうし、勇者の時とはまず通貨が違うから。変わってしまったのも無理はない。けどどうせ変わるんだったら、俺の事殺そうとしているところが変わってほしかったな。


セーターを持って、会計に進む。デートだし、彼女に奢るとか、そういう予定外の出費があるのは覚悟していた。けどまさか自分のための予定外の出費がかさむとは思ってなかったな。お茶にセーターって。普段の俺じゃ見向きもしないもんだ。課金したらガチャ何回出来るかなとか考えちゃいけない。

袋を持って、レジ脇にいた勇者の元へ戻る。

「お待たせしました」

「じゃあ次行きましょう」

二人揃ってコニクロを出た真正面に、全体が淡いピンク色で包まれたファンシーショップがあった。

『あのキャラかわいいな。なんて名前だろう』

勇者は店頭に飾られた、魔女帽子をかぶったウサギのマスコットに目を向けていた。あのウサギには見覚えがある。確か名前は……ウィッチールンルンだ。

「好きなんですか？　ウィッチールンルン」

「い、いえ全然！　うぃっちーるんるんって言うんですか」

「そうそう。前に俺の好きなゲームとコラボしてたんですよ」

「へぇ……」

『こんなキャラがいたとは知らなかった。かわいいなー……ダメだ。ここでかわいいとか言ったら、全国のルンルン商品が魔王によって首をもがれる！』

そんな地道な作業、嫌がらせでもしない。

「さて行きましょう！」

「良いんですか、ルンルンは」

「良いんです！」

強がってるけど、気に入ったっぽいよな。お値段五桁のワンピースよりは、ウィッチールンルングッズの方がどうにか出来るかもしれない。プレゼント候補として覚えておう。最有力候補は駄菓子詰め合わせのままだけどな。

俺は彼女に掌《てのひら》を差し出した。

「細見さん、手を繋ぎません？」

「いえ、もう慣れてきたので大丈夫です」

純粋に悲しい。

どうにかしてまた手を繋いでくれる方法はないだろうか。俺はまた彼女の心を読んだ。

『本当はまだ慣れてないし、むしろかかと痛くなってきちゃったけど。魔王に手を借りるなんて死に等しいし』

なるほど、何としてでも手を繋いでやる。そのためには……そうだ。

「それにしてもここは広いですね。俺このままだと迷子になる気がします。迷子センターもあるはずですけど、きっと小さい子がいっぱいいるだろうから。そんな中に俺が交ざったらきっと大変な絵面《えづら》になるでしょうね」

「……とても危険ですね。分かりました、また手を握りましょ……いえ、手じゃすぐ離してしまうかもしれませんね。腕にしましょう！」

そう言って俺と腕を組んだ勇者。照れを通り越してびっくりだよ。

『こうすれば逃げないだろうし、子供たちを襲う事もないだろう』

別に小さい子を襲う気は微塵もなかったし、まさかこんな事になるとは思ってなかったのだが。なんというか、こう、ハレルヤ！

思わず口角が上がりそうになっている俺の真上で、ピンポンパンポーン、と店内放送がかかった。

【まもなく屋上にて、国家戦隊コウムインジャーショーを開催いたします。皆様ぜひお立ち寄りください】

コウムインジャーって、今やってる特撮だっけ。特撮か、懐かしいな。俺も小さい頃父親に見せられたものの、敵のやってる事が生ぬるいなとか思って見なくなってしまった。

ヒーローに対しても、倒すなら倒すでもっとボコボコにしろなど、今思えば物騒な事を考えていた子供だった。今見ればまた違う感想になるのかもしれない。

『屋上か、つき飛ばせば殺せるかもな』

ここにもっと物騒な事を考えている子がいた。

子供が多く集まりそうなヒーローショーをやるような屋上だもの。ばっちり柵が設置されてるはずだ。それに、つき飛ばし案は階段でダメになった事を思い出してほしい。

よし、先に回避しておこう。

「ヒーローショーかぁ。子供が喜んで見ている姿が目に浮かびますね」

勇者は途端に青ざめる。

『ヒーローショーをめちゃくちゃにする気か⁉　なんて奴だ、子供たちには指一本触れさせない！』

「近寄らないようにしましょう！」

効果てきめんだった。でも心を読めないふりもしないとだからな。

「子供好きじゃないんですか？」

「えっ、いえ。子供は好きです。でもほら、えっと、あっ、ほら。私今ハイヒールなので！　誤って子供の足を踏んでしまったら大変な目に！」

忘れてはいけない。これは俺を大変な目に遭わせようとして履いて来たハイヒールである。

『魔王め、私が困るような事を聞くな』

じゃあ俺が困るような事を言わないでほしい。

『それにしても、この靴……やっぱり痛いんだよなぁ。これはもう、靴擦れになってる気がする。やっぱり早く殴って脱ごうかなぁ』

殴るの部分は必要ないな。

まぁ話には乗っかっておいてあげよう。

「じゃあ屋上に行くのは止めときましょう。ところで細見さん、靴擦れ起こしてますよね？　なんか痛そうな顔ですよ」

「えっ⁉」

俺の言葉を聞いて、勇者は目を丸くした。

『た、確かに痛いとは思ったけど。そんなに顔に出てたのか……？』

そこまで痛そうな顔はしてないが、心の方が痛いと申していたので。

「残念だけど今日はこれで帰りますか。無理して悪化させたくないですし」

「ちょっ、ちょっと待って下さい。実は行きたい所があって！」

「行きたい所って？」

『魔王を地獄に連れて行きたい』

そんな所には行きたくない。

彼女は見るからにテンパっている。それはそれで可愛いが。

「えっと、その、武器じゃなくて、は、刃物屋！」

発言が全然可愛くない。

大方魔王を倒すための武器が欲しいと考えた結果だろう。武器屋から刃物屋を連想したのは正解だが、デートで行きたい店に選ぶチョイスとしては不正解だ。

「うーん。大型ショッピングモールとはいえ、刃物屋は入ってなかった気がします。それどころかこの辺りに刃物屋はなかったような」

「そう、ですか。じゃあ……諦めるしかないですね」

お、さすがに観念してくれたらしい。まぁ刃物屋はなくとも雑貨屋あたりのキッチンコーナーに包丁とか、アウトドアショップにサバイバルナイフくらいはあると思うんだけど。言わないでおこう。


ショッピングモールを出て、駅に向かって歩く。歩道と車道の間にガードレールが設置されているものの、もしものために俺が車道側。

『まぁ付き合ってる訳だしな。また呼び出せばホイホイ来るだろう。今日は諦めるが、次こそは息の根を止めてやる』

そりゃ呼ばれれば行きますけども、殺される気はさらさらないです。

「……黒主さん、少し止まって下さい」

そう言って突然足を止めた勇者。特に抵抗する理由もないので、俺も足を止める。なんだろ、靴擦れが痛いのかな。

「どうしました？」

「絶対に動かないでくださいね。動いたら許しませんよ」

勇者は俺の手を離し、前進。見ればガードレールの手前に植えられた大きな木の下で、小さな女の子が泣いている。隣でお母さんらしき人が宥《なだ》めているが泣《な》き止《や》みそうにはない。

「どうしましたか⁉」

親子に声をかける勇者。困っている人には手を差し伸べる、さすがは勇者だ。

女の子は泣きながら上を指さした。その先には木に引っかかった赤い風船。

母親らしき女性も、困った顔をしている。

「届きそうにないし、諦めなさいって言ってるんですけどね」

それを聞いた勇者は、頼もしい顔を見せた。

「梯子《はしご》を持ってきます！」

どこから持ってくる気だ。きっとアテもないんだろう。

一見高い位置に引っかかった風船だが、俺がジャンプすれば届くくらいの高さにある。

これはチャンスだ。数歩歩いて、俺は勇者の隣に立った。

「あれ俺なら多分届きますね。取りますよ」

動くなって言ったのに。そんな顔をしながら俺を見つめ……いや、睨《にら》んでくる勇者。だって梯子を探して持ってくる勇者をただ見てるの心苦しいし。

軽く助走をつけて、勢いよくジャンプ。左手で風船のヒモをキャッチ。

あ、ヤバい。

ちょっと勢いをつけすぎたみたいだ。上半身がガードレールを乗り越えて、車道側に前のめりに傾いた。

「魔王！」

彼女は思いっきり俺の名を叫んだ。しかも、前世の方の呼び名を。

とりあえず避《よ》けなきゃ。

風船を持っていない方の手でガードレールの縁を摑んで、勢いよく後ろへと倒れる。歩道に尻をつけて転ぶ形になった。痛いけど死んではいない。ちょっと恥ずかしさはあるけど。

とりあえず立ち上がって、女の子に風船を渡す。さっきまで泣きじゃくっていた女の子は満面の笑みを見せ、母親は深々と頭を下げて礼を言ってくれた。

「おにーちゃん、ありがとー」

俺達に手を振って歩いて行った親子を見送り、俺は無言のまま勇者の前に立った。

「えっと、いや、その」

『咄嗟の事で、つい魔王と呼んでしまった。私が勇者だと気づかれてしまったかもしれない。殺す前に殺される！　どうしよう、どうしよう、どうしよう』

口ごもり、ものすごく気まずそうな顔をしている勇者。全く、そこまでテンパられるとこっちも困る。いっその事そのまま殺しにかかってくれれば良かったのに。車道につき飛ばされて車に轢《ひ》かれでもしたらさすがに死んだよ俺。殺されなくて良かったけど。

俺だって殺す気はないし。仕方ない。フォローしてあげるとしよう。

「魔王じゃなくて、真緒《まお》ね」

「えっ」

「真緒」

「ま、真緒」

「うん。まぁ恋人なら名前で呼ぶのもおかしくないよな。ちょっと突然でびっくりはしたけど。というかもう敬語も止めよう。同い年だろ」

「そ……そうですね、じゃなくて、そうだね！」

彼女も満面の笑みを浮かべている。

『鈍くて良かったぁ』

何も良くない。俺の名前が真緒であった事に感謝してほしい。

「でももし車に轢かれていたら危なかったので、もうなるべく無茶はしないで下さい、しないでよね！　轢かれたら痛いし、親だって泣きます。違う。泣くんだからね！」

まだタメ口に慣れていないご様子。それはそれで可愛らしい。

『それに、車に轢かれなくて本当に良かった。そうだ、今度交通安全についても教えてやらないと。赤信号で止まるって知ってるかな？』

その辺はうちの母親の方がプロなので安心してほしい。というか魔王の事を過小評価しすぎだと思う。心配してくれているのは嬉しいけど。

そもそも、殺す気なのに何で心配してくれるの？　聖母か？

なんて言えないし、俺は大人しく反省する姿を見せる。

「分かった。気をつける」

「そうして！」

怒りながらも腕を絡ませてきた勇者。もうショッピングモール内じゃないから離してもいいのに、気づいてないんだね。アホだね、可愛いね。

彼女にそんな気は全くないんだろうが、俺は今ものすごく幸せになってしまっている。

「じゃあ帰ろうか。靴擦れ平気？　歩ける？」

「だっ、大丈夫です、じゃない、大丈夫！」

「心配だから家まで送るよ」

「ぜっっっっっったい来ないで！」

すごい溜《た》めたな。

『家が！　破壊される！』

そんな力はない。

「じゃあ駅までね」

勇者は何故《なぜ》か微妙な顔になった。

『駅も破壊されてしまうだろうか』

そんな力もない。

「さ、行こう」

俺は彼女の腕を軽く引っ張って、無理やり駅の方へ歩かせる。

『とりあえず、一緒に行かないと破壊するかもしれない』

破壊する気なら、とっくの昔にやってると思う。しないけど。

微妙な顔をしたままの勇者を連れて、駅の改札口までやって来た。

『ここで先に帰りでもしたら、魔王は当然暴れるよな』

俺が駅を壊さないか心配し始めた勇者は、なかなか帰ろうとしない。当然のように暴れると思わないでほしい。

仕方ない、ちょっと強引だが納得させてみよう。

「それにしてもこの駅大きいよね。怪獣くらいのデカさがないと壊せないよね」

「まぁ……それもそうですね。じゃなくて、そうだね」

勇者は俺と一緒に駅を見上げている。

『確かに、壊すとなれば相当な体力が必要になりそうだ。さすがの魔王も、今の姿で駅を破壊するのは難しいか』

分かってくれて嬉《うれ》しいよ。その調子で家も破壊しないって理解してね。

「じゃあ、またね」

「はい、うん。またね」

勇者は仕方なさそうに手を振って、改札を通っていく。

『魔王相手に、またねって言う日が来るとは。次こそは永遠の別れを口にしてやる。覚悟彼女は何も知らないふりをして、改札の向こう側に行った彼女に手を振り続ける。彼女はその場に立ち止まって、俺が悪さをしないか見続けていた。まだ疑っているのか。

埒《らち》が明かない。先に帰るとするか。

勇者に背を向けて、寮の方に歩き出す。

「真緒《まお》、帰り道に人を襲っちゃダメです、ダメだからね！」

背後から俺を呼ぶ大きな声が聞こえた。待って、名指しは恥ずかしい。

「大声でそんな冗談言うんじゃゃない！」

勇者の顔を見るために振り返ったが、周りの人は皆俺を見ていた。

恥ずかしさが頂点に達した俺は、早歩きで寮の方へ向かった。

『逃げた！』

誰のせいだと思ってるんだ！

幸い、勇者が追いかけてくる事はなかった。まぁ改札の向こうにいたし、呼び出せばホイホイ来るとか考えてたくらいだから。今日は見逃してくれたのかもしれない。

信号待ちをしている最中、ＬＥＩＮの通知音が聞こえた。彼女からだ。なんだろ、もう家に着い……。

【覚悟出来たので今度家行っていいですか！】

急展開すぎるだろ。

というか絶対覚悟出来てないと思う。一度断れば良いってもんじゃない。きっと清純な女だったらもう少し拒否るぞ。現実で清純な女が周りにいた事ないから知らないけど。とはいえこの文面、彼女からしたら「殺しに行くぞ」になるんだろうけど。俺からすると「抱かれに行きます」なんだよな。もし俺に心を読む能力がなくて、偶然彼女と付き合う事になってこんな文章送られてきたら間違いなく抱くぞ。

……その点を踏まえると、抱くのはさすがにしないとしても、多少触るくらいなら許されるのでは……？

……許されるのでは……？

考えに考え、気づいた時にはＹＥＳと打ち送信していた。

見た目は普通のマンションと変わらない、寮の入り口に到着した。だが俺はある事が気になって部屋に入れなかった。

うちの寮は人の出入り自由で、家族や友達は勿論《もちろん》、恋人を連れ込んでも何も言われない。学校側は何かあった場合も、自分で責任取りなさいというフリースタイル。

とはいえ生徒ではない者の出入りがあれば、多少の噂《うわさ》にはなる。

これで彼女が勇者でなければ噂が広まっても気にしなかったのだが、勇者だからこそ気にしなければならない。

立花《たちばな》や同じ学科の奴《やつ》に噂されるのは全然いいんだけどな……あの人の耳に入ったら、えらい目に遭うよな……。

言いたくないけど、先に言っておくか。俺は寮には入らず、寮の向かいにある校舎へと向かった。


冬休みには入ったものの、学校の中には課題や自主練をする生徒達《たち》がちらほらいた。先生達もいるし、休みというより放課後感が強い。あの人もいてくれると良《い》いんだけど。

実習室の前を通る。何やら扉の前に人だかりが出来てるな。

そっと人だかりの隙間から覗《のぞ》き込《こ》んだ。

中には一人、両腕を腹に乗せ、長机の上で眠る女性の姿があった。ストレートな黒髪の毛先が、机から零《こぼ》れ落《お》ちている。胸ポケットのついた白いワイシャツに紺色のジーパン。革靴まで履いたまま寝てやがる。

よくもまぁあんな所で寝られるもんだ。先生に見つかったら怒られるぞ。

人だかりを作っている奴らが、言葉を漏らす。

「黙っていれば美人なのに……勿体《もったい》ないよなぁ」

「あぁ、それにしても美しい……」

確かに美人ではある。元が良いのに加え、大人びたメイクで飾っているクールビューティー。見た目だけなら人が魅了されてもおかしくない。

……人だかりの中に、怒ると思っていた先生が交ざっている。怒る気配はない。ポーっと彼女の寝顔に見惚《みほ》れている。

規則的な寝息のリズムに合わせ、そこそこ大き目なサイズの胸が動く。その動きがゆっくりと——止まった。

パチッと目をあけた彼女は、横たわったまま顔をこちらに向けてきた。見ないでほしい。

周りの奴らは血相を変えて走り去る。

「やべぇ、リズム先輩起きた！」

「えらい目にあうぞ、逃げろ！」

実習室の周辺には彼女と俺以外、誰もいなくなった。

出来れば俺も逃げたかったが、話したい事もあるしな……仕方ない。

ゆっくり歩いて、彼女に近づいた。

「こんにちはリズム先輩、ちょっと話うをっ！」

腕を引っ張られたせいで、俺は先輩を押し倒す形になってしまった。

「先輩ストップ、前なら喜んだけど、今はダメです。俺彼女出来たんで！」

「……彼女？　魔王のくせに？」

「……言わない約束でしょう、魔法使いさん」

彼女は霧下律澄《きりしたりずむ》先輩。

前世は勇者パーティーにいた魔法使いであり、現世での俺との関係性は――同じゲームコースの先輩と後輩である。実に嫌な関係性だ。

俺は先輩から離れ、先輩も体をゆっくり起こす。

「悪いな。ついうっかりだ。それで、その彼女は可愛《かわい》いのか。今度見せてみろ」

「嫌ですよ。先輩女の子好きなのに気軽に紹介出来ませんよ」

「違う。女の子だけが好きなんじゃない。化粧映えする子が好きなんだ。化粧映えするなら男でも好きになる。だからあたしは、君の事も好きだぞ？　ブラックマスター」

「それはどうも。あとその呼び方止めません？」

「嫌だ」

俺の事を好きだとか言ったが、気にしてはいけない。この人は気軽にそういう事を言う。

「それで、何しに来たんだ。襲われに来たのか？」

「襲いに来たのかって言うでしょ普通……違いますけどね。それこそ……魔王としての話をしようかと」

「ほーん。もしかしてさっきの彼女がどうとか関係ある？」

「ええ、まぁ。実は……やっぱり止めた。先輩に言ったらきっと酷《ひど》い目に遭う！」

「そこまで言っておいて止めるな。正直に全部言え」

「言いません。忘れて下さい」

「そうか……あ、そうだブラックマスター。さっき休み時間にゲームの背景になりそうな絵を落書きで描いたんだけど、いる？　落書きだからタダであげても良いよ」

「ください！」

　性格はアレだが、彼女の描く絵はとにかくすごい。ゲームコースのグラフィック学科に所属しているだけあって、プロ並みのうまさ。風景や建物は勿論、いかにもなアニメ絵からリアルな似顔絵まで何でも描ける神絵師。エロでもグロでもなんでもござれ。落書きと言っているけれど、十分に芸術作品の可能性が高い。

　胸ポケットからUSBメモリを取り出したリズム先輩は、それを見つめながら呟《つぶや》いた。

「まぁ、別にあげても良いんだけどさぁ、さっきの話の続きが気になってなぁ。今のままだと渡す気になれないなぁ」

「鬼！　悪魔！　魔王！」

「魔王は君だろうに」

「言う以外で絵をくれる方法ないですか……」

「ない。ちなみにぃ、描いたのは外国風の城郭でぇす。晴れの日と雨の日の差分もありまぁす。プロに似たような絵を頼んだら多分五万円以上は払わないとでぇす」

「分かりました、言います。彼女の前世は勇者です」

「……そうか、勇者か……」

先輩が放り投げたUSBを、俺はすかさずキャッチ。よし、代償は大きかったが素晴らしいお宝を手に入れた！　城の背景なら、王道にRPG系かな。タワーディフェンス系もアリかもしれない！

先輩は無言のまま机から降り、あくびを一つ。目元に溜まった涙を手で拭った。かと思いきや。

すぐさま右足をあげ、俺の腹に蹴りを入れてきた。俺は思わず前かがみになったが、意地でもUSBは離さない。

「ぐっ……何するんスか」

「何するじゃない。当然だろ。元パーティーの仲間が魔王と付き合いますなんて言われて、平常心でいられる訳ないだろうが」

「せめて言葉で言って下さい……」

リズム先輩は机の縁に座り直した。

「よっと。それで、何で勇者と魔王が付き合う事に？」

椅子もあるんだから椅子に座れば良いのに。言っても聞かないだろうけど。

座ると長居する事になるだろうから、俺はその場に立ったままでいよう。

「彼女は俺を殺すために、ワザと近寄って来ています」

「勇者にしては頭を使ったな。でも君、この世界を破壊する気ないだろ？」

「ないです。微塵《みじん》もないです」

「だろうな。破壊する気ならとっくのとうにやってるだろうし」

「ですねぇ……」

「まぁ彼女が近寄って来た理由は分かるとして、君は何なんだ。殺されたいのか？」

「滅相もない。逆です。殺されたくないから付き合いました。俺は彼女を幸せにしてやりたいと思ってるんですけど……俺が死ぬ以外でどうすれば彼女が喜んでくれるのかも分からなくて」

「彼女が服従するまで抱けばいいんじゃないか？」

「先輩、本当に元勇者パーティーですか？」

「そうだよ」

そうとは思えないんだよなぁ……。

「まさか先輩も俺を殺したいと思ってたりします？　それでそんな変な事を言って」

「……あたしの心、読んでみればいいじゃないか。読めるんだろ」

「……良いんですか」

「好きにしろ」

そう言われてしまったら好きにするぞ。

俺は先輩の心の内を読む。

『好き』

……えっ。

『本当は、ずっと前から好きだったんだ。だから正直、二人には付き合ってほしくない』

そんな、いやまさか。

先輩が俺の事好きとか、そんな訳ないだろう。

入学式の日に体当たりされてから頻繁に絡まれてきたけど、今までそんな素振りは……

うん、ないな。大量の課題を押し付けられたり、パシリにされた記憶しかない。

けど、なんだか悲しそうな顔をしている。まさか……本当に……？

「あの、リズム先輩……？」

『好かれてはないと思う。けど、それでもあたしは好きなんだ。ずっとずっと……勇者の事が！』

……ん？　勇者？

思わず眉をひそめた俺を見た途端、にんまりと笑うリズム先輩。

『あはははははひゃっひゃっひゃっ！　ねぇねぇ好かれてんの自分だと思った？　どうしようって思った？　なぁなぁ困った？　確かに君の事も好きではあるよ、顔はな。でも君、顔だけだもん。それ以外がな、プークスクス。無理無理！』

口には出してないけど、心の中で大爆笑してやがる。この人は……本当に……性格が悪いなぁ！

「俺で遊ぶの止めてくれません⁉」

「嫌だよ。それより勇者かわいい」

「かわいいですよ。かわいいけど、かわいい？」

「あー、じゃあ生まれ変わってからも全然変わってないんだな。凛々《りり》しい口調でとんでもない事を言うような子だった。懐かしいな」

確かに彼女の心の声は勇者っぽいというか、喋《しゃべ》ってる時より少し賢そうな感じがする時がある。感じがするだけで全く賢くはないけど。

「前世からアホの子だったんですね」

「一番のアホは君だよ」

「突然の罵倒」

「まず彼女の喜ぶ事をしてあげるっていう作戦はよくない。勇者の場合、普通の女の子を甘やかすような事はしちゃダメ。何か裏があるんだろうなって、悪い方に考える」

確かに。今までも俺が良い人アピールしても全然だったからな。

つまり、立花のアドバイスは役に立たないって事だな。普通の女の子相手だったら役に立ったんだろうけど……すまん立花、お前の事は忘れない。

リズム先輩は体を左右に動かす。ジッとしていられない性格なのだ。

「でもそうか、かわいいのか。化粧似合いそう?」

「似合いそうですけど、ダメですよ。俺百合でもNTR地雷なんで」

「あの子はまだ君の事殺そうとしてるんだろ。だったらNTRじゃないだろうに」

くそっ、その通りだ!

図星だったのが顔に出てしまったのか、それとも見破られているだけなのか。分からないけれど、リズム先輩のニヤニヤした表情が腹立たしい。

これ以上弱気な態度でいると余計舐《な》められるだろうから、堂々としていよう。

「それでも俺達一応は付き合ってるんで！　もし再会しても手ぇ出さないで下さいよ！」

元々向こうの世界は、こっちの世界と比べて男同士・女同士のカップルが多かった。それにリズム先輩はこの性格だ。女だからって油断は出来ない。取られる。

「そんなにカリカリするなよ。じゃあ彼女に手を出さないから、君のスマホを貸してくれないか」

「何するつもりですか」

「彼女に【現在浮気中でちゅ】ってLEINする」

「絶対に貸しません」

「じゃあ何したら別れるの？」

「何されても別れませんから」

やれやれといった態度を取るリズム先輩だが、そんな態度を取りたいのは俺の方である。

「ワガママさんだな。じゃあ隠しておけば良かったじゃないか。得意だろ、監禁」

「生まれ変わってからは誰一人監禁してません。万が一隠したとしても、それがバレたらリズム先輩殴りに来るでしょう？」

「殴るだなんてとんでもない。そんな乱暴な事するはずないだろう。ただ学校中に『ブラックマスターが嫌がるあたしの服剝《は》いだ』ってデマを言いふらすだけだよ」

「とんでもないのはどっちですか」

やっぱり伝えておいて正解だったな。隠してたらもっと酷い事をされてた。でもこれ以上彼女の情報を渡す気はない。むしろこっちが欲しいくらいなんだから。

「それより、勇者の事何か教えてもらえたりしませんか？　生まれ変わる前の事も知っておいた方が、殺されないためのヒントになるかもと思いまして。リズム先輩、人の弱点とかも握るの得意でしょう」

「魔王に人の弱点を教えると思うか？」

「先輩だから教えてくれるかなって思って」

「そうだな。あたし頼れる先輩だからな」

いえ貴女《あなた》は人の嫌がる事を進んでやる人だからです。勿論、良い意味ではない。

リズム先輩は神妙な顔つきで答えた。

「彼女はな、本当にアホの子だったよ」

神妙な顔つきになるような答えじゃなかった。

「それは知ってますって。そういうのじゃなくて、ほら、ゲームでいう攻略方法的な」

「アホの子は常識では考えられない事をしでかすからアホの子なんだよ。あたしのような常識人がそんな子の攻略方法なんて分かる訳ないだろ」

「常識人は机の上で寝ませんよ」

「眠かったんだから仕方ないだろ」

今すぐこの人の後輩をやめたい。

それでも「うーん」と勇者の事を思い出してくれている様子の先輩。

「弱点はな、薬。怪我《けが》をした時も薬草は苦いしスースーするから嫌だって駄々をこねた事がある」

弱点というより好き嫌いな気もする。けど、ハーブティーも同じような理由だろうか。だったら尚更《なおさら》、何故彼女はあの時飲んだのだろうか。断る事も出来ただろうに。断れない性格……いや、多分俺にハーブティーを飲ますって事で頭がいっぱいになってたんだろうな。ただ店員に渡されたから何も考えずに飲んだんだろう。

リズム先輩はため息を吐いた。

「しかし勇者め、まだ魔王を殺したいのか。殺すより生かしてパシリにした方が良いのにな」

ため息を吐きたいのは俺の方なんだが。

「リズム先輩が俺をパシリだと思っている事がよく分かりました」

「当たり前だろ。誰のせいで死んだと思ってるんだ」

「それは……すいません」

正直リズム先輩が前世で死んだ理由は知らない。というか、存在は知ってたけど会ったことがなかった。

ただ勇者との最終戦の時に先輩、魔法使いの姿はなかった。恐らく、その手前のエリアで俺の部下だった魔族にやられてしまったのだろう。そうなれば殺したのは俺でなくとも、俺がやったようなものだ。

リズム先輩は小さく笑った。さっきまでのニヤニヤとは違った、少し寂し気な笑い。

「謝られた所でどうにもならん。まぁ問題はあたしよりも勇者だな。勇者はあたしと違って、魔王を倒すためだけに育てられたからな」

「へぇ。なら先輩は何で勇者パーティーに入ったんです？」

「勇者が可愛かったから」

「そんな理由で？」

「だって可愛かっただろ？　前世でも」

「そりゃあもう」

「そうだろ。っていうか村娘だった彼女が勇者になった理由ってそれなんだよ。見た目が良かったから魔王が油断するだろうって、国の奴らに言われてさ」

「不名誉！」

　確かに前世の勇者も可愛らしい顔立ちだった。戦いの度に、顔は良いのになってずっと思ってた。思ってただけ。油断した事はない。ほんとに。嘘《うそ》じゃない。

　何故かリズム先輩もうなだれている。

「ただなぁ、思いっきり手を出すつもりでついてったのに、他のパーティーメンツに怒られて結局出せずに死んじゃったんだよな。特に僧侶がめんどくさくて。あのヤンデレさえどうにか出来れば、勇者は今頃あたしとラブラブだったというのに。せめて普通にチューくらいしたかったなぁ」

「本当に再会したとしても手ぇ出さないで下さいよ？」

「頑張る」

　信用できない。けどそういう事を言うとまた蹴とばされるだろうからな。

「一応期待しておきます」

「あんまり期待しないでくれ。勇者は期待されまくったせいで、逆にプレッシャーになってたみたいだからな。自らの力が弱いと思った時は、鍛錬したりして。アホの子だけど努力の子でもあるんだ。あと元々正義感が強い」

「先輩には期待させて欲しいんですけどね。まぁ、勇者に関してはさすがと言ったところですか……」

　正義感なんてなければ、まだ助かったかもしれないのに。そんな思いが過ってしまった。

　また悲しそうな顔をしているリズム先輩。さすがにこれは、演技ではないと思う。

「そんな必死になって強くなった勇者様は、結局死んでしまった。それならまだしも、魔王と二人揃《そろ》って転生してしまった……。魔王はさ、強さも地位もなくなった転生後の人生で、闘争心や人を傷つける気持ちを封じる事が出来たのかもしれない。けど勇者は勇者で、違う人生送って来ただろうから」

「そう、ですね……」

「本当に……悪い事をしたよな」

確かに俺は、勇者に対して悪い事をした。戦争中だった世界とはいえ、彼女を傷つけたのは事実だ。そこは責められても仕方がないと思っている。

「……そうですね、反省はしてます」

「あぁ、反省しよう。でもさぁ、ワザとじゃないんだから許して欲しいよな」

「いや、その時の俺はワザと悪い事をしていたんですけど」

「それは知ってる」

……なんか話がかみ合ってない気がする。それに、反省しようっておかしいよな。

「悪い事をしたって、俺じゃなくて先輩の話だったりします？」

「うん。だってほら、君らが転生したのってあたしの魔法の力のせいじゃん？」

「初耳なんですが？」

「そんな事ない。こっちの世界で初めて君と会った日に、きっと神様パワーで生まれ変わったんだろうねって言った」

「確かに神様パワーとは聞きましたが、先輩の魔法の話は聞いてません」

「何を言う。あたしが神様みたいなものだろ？」

俺は思わず、顔を歪《ゆが》めた。

神様というのが先輩の事だとは一切思ってなかった。いや、思えという方が無茶だと思う。

「本当にリズム先輩の魔法のせいなんですか？」

「いやほら、今はあたしも魔法の力無くなっちゃったし、君と違って何の能力も残ってないから、確認のしようがない仮定の話ではあるんだけど」

「はい」

「あたしが死ぬ間際に、死にたくねーなー別の世界にでもいいから記憶持ったまま生まれ変わったりしねーかなーって思ったのが、魔法として発動したっぽいんだよな。ただそのかけ方が悪かったのかさ……あたしだけじゃなく君ら含めて、あっちの世界の住人死んだら全員こっちの世界で生まれ変わるようになっちゃったっぽいよね。てへ」

かわいく舌を出し、自身の頭をコツンと叩《たた》くリズム先輩。だがそんなものに惑わされる俺ではない。

「つまり、俺が今勇者に殺されそうになってるのはリズム先輩のせいって事ですね？」

「そだね」

「そだねじゃないですよ！　どうしてくれるんですか！」

「仕方ないじゃないか。失敗は誰にでもあるもんだ。それに生きたいと思うのは人間の本能的に当然の事だろ」

「その気持ちはよく分かりますけど」

分かりすぎて逆に辛《つら》い。

リズム先輩はいたずらっ子のような笑みを浮かべて。

「分かるんなら受け入れろ。あたしは今の君の事は嫌いじゃない。けど、あたしに勇者を止める理由もない。ただ一つだけ言えるのは、かわいい子は皆あたしのものだ」

「最後の一つだけが理解出来ないんだよなぁ」

「理解しろ。あ、化粧が似合う子ならかわいくなくてもあたしのものだ。だから君も、あたしのものだぞ」

「美人の先輩にそういう事を言われて嬉しかったのは最初の内だけでした。今では、この人女装させて笑いたいだけだなって分かったので。喜びません」

「変な奴だな」

「リズム先輩に言われたくないなぁ」

「失礼な奴でもあるのか。美人の言う事には一喜一憂するもの……」

自分で自分を美人だと言っているのはさておき。何故か固まったリズム先輩。

「先輩？」

「今、新たな仮定に気づいてしまった。生まれ変わった勇者は、本当に可愛いんだよな？」

「はい」

「顔が良くて、化粧映えしそうで、可愛いんだな？」

「あげませんよ」

「ブラックマスターも顔が良くて、中身は可愛くないけど、女装させたらまぁ似合うよな」

「喧嘩《けんか》売ってます？」

先輩は首を横に振る。サラサラとした髪も一緒に揺れた。

「そうじゃない。お前、佐川《さがわ》ライムを知ってるか？」

「どっかで聞いた事あるような……あぁ、思い出しました。確かアイドルの」

いじめの映画の主人公役の子だ。佐なんとか君。

今度は首を縦に振る先輩。

「そう。前々からテレビで見てた時は、ただ女装が似合いそうだなって目で見てたんだけど」

「なんちゅう目で見てるんですか。可哀《かわい》そうに」

「まぁ聞け。この間、服飾コースのかわいこちゃんとデートを兼ねて音楽番組の公開収録を見に行ったんだよ。羨ましいだろ」

「自慢話とか聞きたくないです」

「違う。そこで佐川ライムを見てな、気づいたんだ。間違いなく女装が似合うなって」

「帰っていいですか？」

「帰るな。聞け。その後にな、もっとすごい事に気づいたんだよ」

「何をですか」

「あいつ、スライムだった」

「……は？」

「スライムだよ。いただろ、君のしもべに。彼は彼であたしに気づいたらしく、撮影中だというのに叫んじゃってたよ。そのせいで撮影止まったし。いやぁ笑った笑った。ライムって芸名だとしたら、やっぱり果物じゃなくてスライムからかなぁ」

リズム先輩はケラケラと笑っている。きっとその撮影中の時も、指をさして笑ってたんだろうな。可哀そうに。

それにしてもだ。

「そのスライムっていうのは、前世の話ですよね。前世スライムだった奴が、現世でアイドルやってるんですか？」

「そだよ」

「はぁー、何が起こるか分かんない世の中ですね」

「おや、スライムのくせに生意気なとか言わないのか？」

「生意気だと思ってませんからねぇ。あの顔ならアイドルやっててもおかしくないですし」

「なんだつまらん」

「多分面白がってるの先輩だけです。それで、さっき言ってた仮定って結局何だったんです？」

俺の質問に対して、先輩は自身の顔を指さして。

「転生した奴、全員あたし好みの顔してるっぽい」

「そんな事あります？」

「あるんじゃないか？　本当にあたしの魔法で転生してるのならば。それに考えてもみろ。前世での君の行いの悪さを。そもそも人間になれるかすら怪しいだろ。それがこんなにも良い顔の人間に生まれたんだ、あたしを称《たた》えろ」

「多少の感謝はしてもいいですが、称えません」

つい、ため息を吐いた。この人と喋ってると妙に疲れる。

だがリズム先輩はお構いなしだ。

「そう落ち込むなよ。彼女を幸せに出来なくても大丈夫。あたしが彼女を幸せにしてやっからさ」

「疲れただけです。それと、先輩には絶対渡しませんってば」

「……ふむ、一つ勘違いをしているようだ」

「何をですか」

先輩は突然、俺の胸倉を摑《つか》んで来た。かと思えば、そのまま俺の額にキスを落とす。

思わず目を丸くした俺から口と手を離した先輩は、ニィーッと笑って。

「言っただろう？　君の顔は好きだと。彼女だけを奪われると警戒していて、自分が食われる心配をしないのは無防備が過ぎると覚えておくといい」

リズム先輩は机の上から降りて、部屋の出入り口の前まで歩いて行く。

振り返ったかと思えば、少し恥ずかしそうな顔を見せた。

「ちなみに。いくら顔が良くても佐川ライムや他の男相手だったら、ここまでしなかったからな」

そんな言葉を言い残して、部屋を出て行った。

どうせ嫌がらせだ。期待してはいけないし、トキめいてもいけない。いけないんだけど。

俺は思わず顔を赤くして、唇が触れた場所を押さえてしまう。それくらいは許してほしい。


夜。勇者を部屋に招く事はＹＥＳと返事をしたものの、さすがに掃除とかもしたかったし。翌日ではなく少し日をあけて、一月の三日あたりにと約束。

分かりました、と快い返事がきたものの。内心は殺してから年を越したかったくらいに思っている気がする。なお俺は年を越しても越さなくても殺されない覚悟でいる。

とはいえ、今日はあまりにも疲れた。リズム先輩の相手をした日の夜は大抵こうだ。

今夜は早めに寝て、また明日から頑張るとしよう。

＊＊＊

城に押し寄せた勇者パーティーとの乱闘の末、俺は床に両ひざをつけていた。

目の前に立っている赤い髪の女勇者は、俺に剣を向けている。

彼女は頬から血を流し、鎧《よろい》が壊れたせいで胸元をほぼ丸出しにしていた。ひどい姿だった。それでも。

周りには勇者の仲間と、我が部下達が倒れている。

血にまみれた城の中。この場に立っていたのは、勇者ただ一人だった。これはもう、間違いない。

魔族は、魔王は、女勇者に負けたんだ。

ここで負けを認めない方が惨めになる。

「もう攻撃も抵抗もしない。殺すなりなんなり、好きにしろ」

きっと殺されるんだろう。俺達は敵対関係だったし、彼女にも酷い事をしてきた。殺されても無理はない。

俺の手が震えている。覚悟を決めろよ。まだ死に抗《あらが》おうとするなんて、みっともないじゃないか。

そう思っていた俺の前で、彼女が口を開いた。

「分かった。じゃあ殺さない」

「……は？」

「殺さない」

勇者は剣を下ろした。言われた言葉が信じられなくて、俺は思わず声を荒らげた。

「何故だ、お前だって、俺達のせいで散々な目に遭ってきたんだろう？　だからここまで来た。それなのに、殺さない？　何をバカげた事を。くだらない同情はよせ」

「確かに魔王は、私たちと敵対関係にあった。私も、私の仲間も傷つけられた。それは許されない事だ。それを反省せずに、更に悪事を働こうとしているなら私は殺す気でいた。だがお前が罪を認め、償いたいというのであれば……それは応援してあげないと」

殺すどころか、俺に穏やかな笑みを見せる彼女。ほんの数秒前まで俺に剣を向けていた者と同一人物だとは思えない。

「応援？　何を言っているんだ。これからなんてどうなるか分からないじゃないか。俺を信じると？」

「そうだ、信じよう。これからどうなるか分からないんじゃ、悪い事をしないかもしれない。悪い事をしていない魔王を殺してしまっては、私の方が悪い奴じゃないか」

「そんな事はない」

情けなさと、悔しさとで。俺は俯《うつむ》く事しか出来なかった。

真正面から彼女の声が降り注ぐ。

「本当に悪いと思っているのなら、お前が傷つけた人の前でだけ下を向け。それ以外では、胸を張って生きろ」

彼女は俺の顎を両手の指先で優しく支え、前を向かせようとする。勇者と呼ばれるにふさわしい、凜々しい表情で俺を見ていた。その指先の温度をもっと早く知っていれば、こんな未来はなかったのかもしれない。

「どうして敵相手にそんな事が出来る？　本当に、俺を殺す気はないのか？」

「お前を殺した所で死んだ者が戻ってくるわけでもない。困っている人がいたら、助けるのが勇者なんだ。たとえ相手が、魔王であってもだ。そう考えると、私もお前の仲間を倒したりして悪かったな」

彼女は本当に申し訳なさそうな顔をしている。彼女がそんな顔をする必要はないのに。

こんな俺の事を信じてくれるなんて。

そう思った瞬間、俺の頰を何かが伝った。

泣いてる？　俺が？

あぁ、そうか。もう、終わりなんだ。

泣いている俺を宥《なだ》めようとでも思ってくれたのか、勇者は俺の体をギュッと抱きしめて来た。

「お前に剣を向けた私の事も、許してくれるか？」

「……最初から恨んでない」

「だったら……やり直そう。私も、お前も。この世界で、もう一度」

やり直して良いならやり直したいし、頑張って良いのなら頑張りたい。

ただ、俺は信じられなかった。これもまた、俺を殺すための建前なんじゃないか、と。

俺は心を読む能力を使った。彼女の心に耳を傾ける。その瞬間、耳元で彼女の声が聞こえた。

「『ゆっくりでもいい。私も手伝う、というか、一緒に変わっていくから……約束しよう。やり直したいなら、こうなりたいという思いがあるなら、諦めるな。自分を信じろ』」

……同じだ。彼女の言葉は、本心なんだ。

俺は静かに頷《うなず》いた。

今までの事が許される訳じゃない。

出来る事は、今までの行いを深々と反省して、二度と同じ過ちを犯さないようにする事だろう。

こうして、とある国の魔王と女勇者の戦いは終わりを告げた。

「……勇者様、何言ってるの？」

――告げるはずだったのに。

どこからか、違う少女の声が聞こえた。

僧侶だ。今まで気絶していたらしい。僧侶は信じられないものを見る目で俺達の元へ近づいてくる。

「騙《だま》されないで、勇者様。魔王は魔王だもの。いくら罪を償っても、どうせまた同じ事を繰り返すだけよ！」

「こら、決めつけるんじゃない」

「どうしてそんな奴を庇《かば》うの⁉　そいつのせいで、皆が苦しんだというのに！　そうだ、貴女がしないなら、私がっ！」

僧侶は倒れていた剣士の剣を奪い取り、俺に向かって振りかざす。

あぁ、やっぱり許されないのか。

俺は覚悟を決めて、目を閉じる。

腹に、ほんの少し痛みを感じた。けど死ぬほどではない。

おかしい。ゆっくりと目を開けてみる。

目の前には、刺された勇者の背中があった。俺には勇者の体を貫通した刃の先が、少し当たっているだけだった。

「勇者……？」

防具さえあれば、彼女がこんなにも血にまみれる事はなかったのかもしれない。でも彼女が刺されたのは、素肌を露《あら》わにしていた胸元。勇者はゆっくりと、俺に寄り掛かるように倒れ込んだ。

僧侶も、きっと俺も青い顔をしている。

「あ、あぁ、あ？　違う、違うの。これは、そう、きっと魔王のせいなの！　魔王に操られたの、そうでなきゃ、私が勇者様を刺すなんてありえない！」

僧侶が震えた声で、信じられない事を言い始めた。

俺は相手の心を読み、不思議な光で攻撃出来るような特殊な力があった。

でも、人を操る力なんてなかった。

それなのに。

勇者が俺の目を見た。ひどく悲しそうな顔をしていた。

「……どう……して……」

それが、彼女の最後の言葉だった。彼女の体が冷たくなっていく。

なんだ……信じるなんて言っておいて、結局は僧侶の方を信じるんじゃないか。まぁそうだろう。仲間か敵か、どちらが信じられるかなんて一目瞭然だ。

僧侶は剣を握り締めたまま、俺目掛けて走ってくる。

「許さない、お前だけは許さない……っ！」

あぁ、やっぱり。人間なんて愚かな生き物だ。

しかし何故だろう。勇者の事は愚かだと思えなかった。

俺は僧侶に向けて右手をかざした。手の内に光が集まってくる。その光を僧侶めがけて放った。それとほぼ同時に、僧侶の剣が俺の肉を斬った。

＊＊＊

嫌な夢でしたわぁ……。

俺はベッドから体を起こして、頭を抱えた。

いや、夢というか前世の記憶なんだけどさ。勇者が死ぬ所なんて、何度も見たいものではない。

彼女を殺したのは僧侶だった。とはいえ、その原因になったのは俺だ。

僧侶の事は操ってなかった。あれは完璧、僧侶の嘘だ。

ただ。

俺を庇いさえしなければ、勇者が死ぬ事はなかった。それはどうあがいても変えられない事実だった。俺が勇者を殺したと言っても過言ではない。

だから勇者は、俺を殺したいと思っているんだろう。最後に裏切った俺を恨む気持ちもよく分かる。

けど俺は裏切るつもりなんて一切なかったし、こっちの世界じゃ殺されるほど悪い事だってしていない。

都合が良すぎる事も分かっている。けど。一緒にいる事が許されるなら。

俺は勇者と、もう一度やり直したいよ。

年が明けた。実家はそんなに遠い場所でもないので、今年はわざわざ帰らない。母さんも仕事みたいだし、ＬＥＩＮで新年の挨拶を済ませた。また別の日に顔だけ出そう。

勇者にもＬＥＩＮで「あけましておめでとう」と打つ。

はっぴーにゅーいやーと叫ぶ猫の絵が描かれたスタンプが返って来た。

一緒に初詣とか行けばよかったかな。俺自身、いつも混みそうな元日を避けてたから彼女と行くって発想がなかった。むしろ今から誘ってみようか。初詣、行く？　っと。

【うん、今から奈々《なな》と行ってきます！】

置いて行かれた気分だ。まぁ仕方ない、突然誘ったのはこっちだし。

奈々って、確か一緒に映画に行けなくなった友達だよな。元気になったなら良かった。

【ところで、神様を信じてるの……？】

魔王が神を信じる訳がないと思われているらしい。リズム先輩よりは信じられる存在だと思う。

一応信じてる、いってらっしゃい。とだけ打って、俺は完璧な寝正月を過ごした。

＊＊＊

そして、とうとう彼女様を部屋へお招きする日がやってきた。

駅の前で待ち合わせたのだが、今日は彼女の方が先についていた。今日の彼女は白いコートにローズカラーのシンプルなワンピース、黒のタイツ姿だ。大き目のトートバッグを右肩から下げている。よしよし、靴はヒールのないブーツだな。

「明けましておめでとう。細、す、鈴《すず》」

勇者に真緒呼びで良いと言った訳だし、俺も下の名前で呼んで良いだろう。そんな不服そうな顔しないで。

「……おめでとう、真緒」

『魔王におめでとうと言う日が来るなんて』

どうやら不服に思ってたのは名前呼びに関してじゃあないらしい。おめでとう位これから何度でも言ってやるし、言わせてやる。

「じゃあ行こうか。荷物持つよ？」

「だ、大丈夫！　これ軽いし、絶対自分で持ちたいの！」

『盗まれるかもしれない！』

これから自分の部屋に来るって分かってる子の荷物を、駅前で盗んでどうしろと言うんだ。せめて部屋に入ってから警戒してくれ。

「じゃあ、行こうか」

「うん！」

俺の左側に立った勇者は、俺の腕を組んで歩き始めた。予想外の行動をされて、俺は思わず豆鉄砲を食らった鳩《はと》みたいな顔をしてしまった。

「す、鈴？」

「何？」

「あぁいや、急に腕組まれて驚いただけ」

「だってこないだ、迷子になるかもしれないって」

あれは嘘だ。駅から自分の住んでいる場所までで迷子になる程、俺は方向音痴ではない。けど、まぁ、彼女とくっついて歩けるなら勘違いされたままでいても良いかな！

「そうか。迷子になったら困るもんな。ありがとう。そのままでいてくれ」

「言われなくてもそうする」

『絶対に逃がさない』

俺は逃げる素振りを一切見せず、彼女と腕を組んだまま寮まで歩いて行く。そもそも逃げる気ないし。このままリズム先輩に会わないようにだけ気をつけないと。こんなに密着している姿を目撃されたら、俺が理不尽に蹴とばされて俺か勇者のどちらかがベロチューされる。嫌がらせで修羅場を発生させるんだから、あの人は恐ろしい。

「黒主《くろぬし》ー、あけおめー」

寮の入り口が見えて来た所で、突然背後から声を掛けられた俺は思わず肩を震わせた。

振り返って真っ先に目に入ってきた、紅色のジャージ。

「なんだ立花か。あけおめ」

よく考えれば黒主と呼ぶ時点でリズム先輩じゃなかったよな。あの人はブラックマスターか魔王呼びだもんな。

そんな事を考えているとは微塵も思ってなさそうな立花は、口を尖《とが》らせている。

「なんだとはなんだ。ところで、その子はもしかして」

「……彼女の鈴ちゃんです」

「やっぱり！」

パッと顔を明るくさせた立花とは対照的に、真顔の勇者。

『彼女か、嫌な響きだな……』

どこがだ。素晴らしい響きじゃないか。

立花にペコリと頭を下げた勇者。

「初めまして、一応彼女の細見《ほそみ》鈴です……」

一応をつけるな、一応を！

ほら、立花微妙な顔しちゃったじゃん！　ほんとに仕返ししようとしてるんだなって顔になってるじゃん！

「は、初めまして。黒主の友達の立花雄馬《ゆうま》です」

立花の挨拶を聞いた勇者は、怪訝《けげん》な表情をした。

『友達……？　魔王に友達がいるというのか？　それは魔王の手下である事を隠してそう言っているのか、それとも洗脳されてるのか』

どっちでもない、普通に友達！

勇者は立花の全身を眺めて、口を開いた。

「あの……騙されてますよ」

「えっ？」

何を言い出すんだ。騙してなんかいない！

立花は黙ってしまった。ここは言い訳をしておかないと。

そう思った瞬間、立花が口を開く。

「騙されているのはあなたの方かもしれませんよ……？」

「えっ」

何を言いだすんだ。確かに魔王じゃない風を装ってるから、騙しているようなものかもしれないけど！

「ちょっと失礼」

俺は彼女の手を離して立花の首根っこを掴み、壁際へ移動し彼女から離れた。聞かれないよう、小声で話す。

「立花くん、何を言うつもりかな？」

「何って、彼女は黒主が悪い奴だって言いたかったんだろ？　だから黒主はそんなに悪い奴じゃないですって言おうと」

なんだ、俺の黒歴史を語りだすのかと思った。やっぱりコイツはただのいい奴だった。疑って悪かったな。

「そうか分かった、お前はいい奴だ。俺が女なら惚《ほ》れていた」

「ん、ありがと。あんまり嬉しくないけど」

「素直でよろしい。けど今は黙っててくれ。彼女の誤解は俺が解けるように頑張る」

「おぉ、頑張れ」

立花の首根っこを離し、俺は彼女の元へ戻る。

「ごめんごめん、さぁ行こうか」

「何を話してたの？」

「男同士のあれこれだ」

「そう……」

『まさか二人で私を攻撃しようと作戦を』

立てる訳がない。

俺は顔だけ立花の方へ戻す。

「立花、この後の予定は？」

「一回部屋戻ったら、ランニングしに行く！　じゃあね！」

「ん、頑張れ」

さすが立花、期待を裏切らない。これで悪事を働いてるとは思われないだろう。

『悪さをするために体力づくりをする気か』

困ったなー。


立花と別れ、彼女を部屋の方へと案内する。どうにかして俺達が善人だという所を見せつけないとな。せめて立花への疑いだけでも晴らしてやりたい。

どうすればいいのか考えながら歩く俺の隣で、勇者はキョロキョロと周囲に目を向けている。階段裏に通路、交通安全のポスターまで。罠《わな》とか仕掛けてないから、そんなに疑ってみないでいい。

かと思えば、勇者は突然立ち止まった。ここはまだ廊下の途中、俺の部屋はもう少し奥なんだけど。

「あの、さ、ここって寮なんだよね？　という事は、先生とか偉い人もいるんだよね？」

「まぁ家庭持ってる先生は別に家持ってたりするけど、独身の先生とかは住んでたりするよ。何で？」

「会ったら挨拶しないとかなって」

『その人達の安否が心配だ』

俺を疑いの目で見られても困る。心配せずとも先生は元気だ。俺は何もしていない。

「そんなに気を遣わなくて大丈夫。さすがはお嬢様、礼儀正しいね」

「……お嬢様？」

「お嬢様でしょ？　学校、黒アゲハだし」

「そうでもない。うちの学校は確かにお嬢様が多いが、試験さえ受かれば私のような一般家庭の者でも入れ……るか否か、どっちでしょーか！」

個人情報漏洩《ろうえい》を防ぐためにクイズ形式にしてきたんだろうけど、そこまで言ったのならもう諦めた方がいい。でも金銭感覚狂ってるのはどうなんだろう。

「どっちだろうね。コニクロが安いって驚いてたみたいだし、お嬢様なんかなって勝手に思ってたんだけど」

「女には秘密の一つや二つ、とにかく色々あるものだぞ」

勇者の事含めて、という事だろうか。ま、俺には隠し事をしてもバレちゃうんですけどね。

『まさかお嬢様だと思われていたとは。まぁ友人の中には本当にお嬢様って子もいるし、学校も礼儀や作法には厳しい所があるから、無意識の内にそう見える事を覚えて行っていたのかもしれない。別に悪い事ではないし、そう思われる事自体も悪い気はしない。お嬢様……うむ、悪くない。ドレスを着ても許されるかな』

ドレス着るならお姫様じゃない？　あぁでも、前世じゃ貴族のお嬢様もドレスっぽいの着てたか。っていうかお嬢様って言われてまず思い浮かべるのがドレスなの？

でも、そうか。おそらく金持ちな友人との付き合いで買い物をしていった結果、徐々に金銭感覚がズレていったという所だろう。お小遣いの中でやりくりしてるのなら親御さんも怒ったりはしないだろうからな。

とはいえ彼女の心を見て思った事をそのまま言う訳にはいかないので。

「分かった。まぁ言いたくないと言っている事を無理に聞くのは良くないわな。でも鈴個人の事は知りたい。やっぱり一応彼女な訳だし、付き合ってるのに何も知らないというのはおかしい気がする。俺の事も教えるから、鈴の事も教えてくれ。答えられる範囲でいいよ」

偽りでもない俺の気持ちを述べた。

彼女は左手の親指と人差し指を顎につけて、考えるポーズをする。なんて分かりやすいんだ。

『個人情報漏洩というリスクはあるが、私の方も魔王を倒す手がかりが得られるかもしれない。仕方ない、承諾しよう』

　そんな理由で教えてもらいたくはないんだけどなぁ。

　頷いた勇者は左手を下ろし、真剣な顔つきで俺を見てくる。心の声さえなければ可愛いのに。

「そういう事なら、うん。ただし、真緒の事もちゃんと教えて！」

「いいよ」

「じゃ、じゃあ人生で最後に行きたい所とか！」

　絶対最初に聞く質問じゃない。っていうか何その質問。

『そこに行けば油断してくれるかもしれない。油断さえしていれば絶対に殺せる！』

　それなら「どんな時にリラックスするか」とかでも良い気がするんだけど。いきなり死に場所を聞かれても答えに困る。

　いや、これを甘い展開に持って行くのが俺の腕の見せ所ってやつかな。

「鈴の家かな」

「困る！」

「そう？　まぁ鈴と一緒ならどこでも良いと思っただけ。どうしてもじゃない」

「そ、そうか……じゃあ私の家じゃなくて、廃墟《はいきょ》とかにしない？」

「やだよ」

「どこでも良いって言ったのに！」

「廃墟に入るって言っても、土地を管理してる人の許可なしに入ると不法侵入になるからね。許可取るの大変だし、だったら遊園地にでも行ってお化け屋敷《やしき》入った方が楽しいよ」

「何でそんなまともな理由で断るんだ！」

「母親の英才教育だ」

勇者はなんだか悔しそうな顔をしている。思っていた答えと違ったからって、そんな顔しないで。

「じゃあ次は俺が聞く番。数ある学校の中で、何で黒アゲハを選んだの？」

俺の質問を聞いて、勇者の表情が少しだけ変わった。

『魔王め、私からも情報を得る気だな。でもその質問に答えて魔王を倒せるのなら安いものかもしれない……いや、どうしよう、ちょっと恥ずかしいな』

どんな答えがきても倒される気はない。けど恥ずかしいってどういう事だろう。

勇者は少し考えて、本当に気恥ずかしそうに答えた。

「制服が……可愛かったから……」

……制服が可愛かったから……？

そこそこ体格のいい魔族を、傷だらけになってまで倒してきた勇者様が？　凛々しい顔して魔王に立ち向かってきた勇者様が？　あのバカみてーにゴツゴツした鎧を着てた勇者様が？

転生して、成長して、高校を選んだ理由が、制服が可愛かったから……⁉

何それ可愛い〰〰〰。

思わずニヤけた俺に対し、勇者は頬を赤くして怒る。

「何だその顔は！　バカにするな！」

「してない、してない。ただ想像と違ったというか、ギャップに萌《も》えてるだけ。ところで黒アゲハの制服ってどんなだっけ」

「教えない！」

プイと顔を背ける勇者。俺はその隙に自身のスマートフォンを取り出した。よき時代に生まれたもんだ。【黒揚羽女子大学付属高等学校　制服】で検索検索ぅ。

ほー……白のブラウスに黒とピンクのチェック柄ワンピース、ね。確かに可愛いわ。超お嬢様っぽい。ドレスになんて憧れなくったってこれで十分な気もする。

俺の行動に気づいた勇者が、俺のスマホを奪おうとする。

「やめろ、渡せ！」

「これ俺のスマホ」

「じゃあ見るなぁっ」

スマホを持った腕を上に伸ばし、彼女に届かないよう意地悪をしてみる。勇者は左手で俺のシャツの胸下を掴み、つま先立ちをして俺のスマホに右手を伸ばしている。これはいじめではないのです。砂浜追いかけっこと同じようなものなのです。あー楽しい。

それになんか、いい雰囲気なような気がする。

『魔王めぇ……絶対殺すっ……！』

そんな事なかった。砂浜追いかけっこと同じだと思ってたのは俺だけだったようだ。

「いいじゃん。可愛いし、似合うと思うよ」

「嘘をつくな！」

「嘘じゃないって。今度見せてね」

「汚したくないから嫌！」

汚したくない程お気に入りなんじゃん……。

「分かったよ。ほら、スマホも消すから」

腕を下ろし、勇者の目の前でブラウザを閉じる。

スマホを持つ俺の手を、勇者は両手で包み込んだ。

俺としては突然手を握られたようなものなので、大変ドキドキする。

なんだ？　ハニートラップってやつか？　なら仕方がない。しかし勇者よ、ここはまだ廊下だ。そういう事は部屋の中に入ってからにしよう。部屋の中でなら受けて立つ。

「ついでに浮気してないかチェックしてやる！」

思ってたのと違った。浮気なんて二次元にしかしてないぞ。

「何だい突然。そんな心配しなくても俺浮気してないし。友達すら少ないから大丈夫だよ」

「今後疑いたくないから今見ておきたいの」

それっぽい事を言いおって。

『泣かされている女の子がいるかもしれない』

俺が泣きたいくらいだわ。

だが疑われたままでいるのも嫌なので、素直に電話帳の画面を見せる。登録した順で表示された名前の数々。ほぼほぼお店の電話番号である事にはどうか触れませんように。

勇者は驚きの声を上げた。

「女の子の名前が！　二人も！」

「母親と妹。苗字《みょうじ》が黒主になってるでしょ」

「ぐっ……他には……まぁ、それっぽい名前は……ないか」

現実を見すぎてそろそろ悲しくなってくる。

その時、彼女の顔色が変わった。

「……待て、何だこの悪魔というのは」

『悪魔って、コイツ本物の悪魔と繋《つな》がってるのか!?』

あっ……死んだ……。

俺の中でリズム先輩が女性だという認識が薄いので普通に見せてしまった。何で俺はよりによって悪魔などと登録してしまったのだろうか。これなら本名を登録しておいた方が良かったかもしれない。

なんて今更後悔しても遅いわな。何とか誤魔化さなくては……そうだ。

「悪魔さんって苗字なんだよ」

「嘘！」

「嘘じゃないよ。ただ、その苗字が原因でいじめられた事もあるらしい。本人も気にしているみたいなんだ、あまり言わないであげて」

俺は悲し気な表情を作って見せた。

『た、確かに珍しい苗字はいっぱいある。悪魔さんなんて聞いた事ないが、私が知らないだけという可能性も否定は出来ない。はたして魔王のいう事を信じていいものか……でももし本当に本名だったら失礼だし』

勇者も次第に悲し気な表情になってきた。やっぱり根が良い子ちゃんだからかな。

彼女は眉を八の字に下げ、俺にスマホを返してきた。

「一応信じておくけど、いずれ紹介してほしいかな」

『今日は今日で別の計画を立てて来たし、もし悪魔さんが本当に悪い奴だったとしても、一度に二人倒すのは難しいだろうし。まずは魔王から先に倒すとしよう』

計画って何だろう？　まぁどうせ俺を殺すための雑なプランなんだろうな。きっと破綻するだろう。というか破綻させてやる。

とりあえず、今後悪魔さんに会わせて欲しいって言われたら、急遽《きゅうきょ》ブラジルに引っ越したとでも言おう。

俺はスマホをズボンのポケットに入れて、人畜無害そうな笑みを勇者に見せた。

「分かったよ。大丈夫、浮気してないどころか俺には鈴しかいないから。今後ともよろしくお願いしますね？」

俺の笑顔を見た勇者は、目を丸くしていた。何でだ？　魔王だってニコニコスマイルくらいするよ。

『私しかいないとか、何でコイツは、そういう事を恥ずかしげもなくっ……』

それくらいモテた事がないって意味だったんだけど……あれ？　なんか照れてる？

勇者は俺に背を向けて歩き始める。警戒心は全くなさそうだ。

「……そうか。よし、ほら、行くぞ！」

『魔王め、私をもたぶらかす気だな！　うっかりキュンとした！』

……えっ⁉

無事に部屋まで連れて行く事に成功。リズム先輩と会わなくて本当に良かった。マジで良かった。あー良かったぁああ！

「では、どうぞ」

「おじゃまします」

彼女が玄関でブーツを脱ぐという仕草だけでも、俺はもう感動している。そもそも俺の部屋に彼女が来るっていう展開だけでもう満足だ。いや嘘。可能ならもっとイチャラブっぽい事希望。さっき無意識にだがキュンとさせたようだし、もしかしたらワンチャンあるかもしれない！

部屋の中をキョロキョロと見回す勇者。白い壁に大き目の窓。紺色の布団がかかったベッドに、一台のノートパソコンが載った机。椅子はお年玉をはたいて買った、ゲーム専用のそれなりに良いやつだ。ちゃんと片付けたし、そんなに変なものはないはず。

「ゲーム作ってるって言ってたし、もっとパソコンとかいっぱいあるのかと思ってた」

「そういう人もいるけどね、俺はこのノーパソさえあれば十分。あとはスマホ使ったり、学校のパソコン室使ったり」

「じゃあこのパソコンの中に真緒の作ったゲームが入ってるの？」

「うん」

「……やりたいなー」

「ダメ」

即答してしまった。勇者も見るからに怪しんでいる。

『一体何がダメなんだ。やっぱりゲーム作ってるとか言って世界征服のための攻撃シミュレーション用なんじゃ！』

いや違う。そんな事は一切していない。

ただ、その、な？　リズム先輩は大変いかがわしい絵を描くのも得意でな？　俺は先輩に頼まれて、そのエロい絵を使ったノベルゲームを作った事があってな？

このパソコンにはそれが入ってる。もう分かるだろう、見られたらマズいんですよ。特に勇者には。

まずリズム先輩はな？　平気で自分の元仲間をモデルにエロい絵を描く人なんだよ。そのエロいゲームの絵のモデルはな、多分っていうか、間違いなく……前世の君なんだ。生まれ変わって容姿も変わったとはいえ、過去の自分のエロい姿を描かれた絵を見るのは、ちょっと、嫌だろ？

もっともそれでゲーム作ってる俺も俺なんだけどさ。まさか勇者と再会するとは思ってなかったし。R－15だからセーフかと思って……。

勇者が疑いの目で見てきても、弁解はできない。

「何でダメなの」

「恥ずかしいから」

「恥ずかしいって、どんなものでも一から何かを作るっていうのはすごい事なんだし。せめてちょっとだけでも見てみたいな」

お世辞だとしても褒めてくれるのは大変嬉しい。でもこれは俺がではなく勇者が恥ずかしくなる可能性の高いやつなんです。

何より気になるのはこの絵が先輩の妄想なのか、前世の旅の道中に実際に起こった事だったのかって点だ。

『せめてこのパソコンだけでも破壊するか』

やめてください、死活問題です！

壊されるくらいなら自滅しておこう。

「二次元エロ画像がいっぱいなので見ないで下さい」

「え、エロ⁉」

「そう。と言っても犯罪には何も関わっていない。あくまで架空の世界の架空の話を絵にしただけの健全なエロだ。人間の三大欲求の一つに該当するレベル」

真面目な顔して俺は一体何を言ってるんだ。

「そ、そうか……」

理解したように返事をした勇者だが、本当に理解したのだろうか？

『架空の世界の架空の話……妄想という事か？』

彼女の中で俺の変態度が上がった。まぁそれでもいい。パソコンが壊されるよりマシだ。とにかく彼女がよく分かっていないまま話を進めてしまおう。

「あぁ。だからこれは一人の時にだけ開く、言うならば聖域？　他の人には見せる事も触らせる事も禁じられている」

「ほ、本当に現実の犯罪には関係ないんだな？」

「ない。俺はキャラを見て楽しむタイプで、あんまり感情移入しないから。たとえ強いキャラを見たとしてもかっこいいなーで終わる。ただ俺はアニメやゲームに感化されたという犯罪者と二次元をバカにする者は許さない主義。それで傷ついた子がいても知らんぷりとかも実にギルティ」

言い終えてから気づいたが、勇者ちょっと引いてない？

「そ、そっか。疑ってごめん」

『魔王の奴……何でそんなに力説してるんだ？』

いかん、好きなものに関わる話となると饒舌《じょうぜつ》になる典型的なオタクになってしまった。

コホンとわざとらしくせき込み、仕切り直し。

「まぁ気になるなら確認してもらってもいいが、彼女がエロいものを見てる姿なんて見たらきっと俺は我慢できない。いくら鈴が抱かれる覚悟でここに来ているとしても、乱暴にされるのは嫌だろう？」

　直球に言い過ぎただろうか。勇者は全身真っ赤になって照れている。

「だっ、まっ、待ってくれ。確かに私は覚悟があると言ってここに来た。だが、そんな、急には……っ！」

「うん。さすがに部屋入ってすぐに始める気はなかった。鈴の気が変わったなら、また日を改めてもいいと思っている。けどパソコンの中身を見たいと言うならば話は変わって来るぞって事。どうする？　パソコン起動させる？」

　これで起動させるって言われたら仕方ないよね。揉《も》むしかないよね。

『コイツが下劣なのはいつもだろうが、何だろう、思っていたより優しめだ！　魔王に気遣いが出来るだなんて思ってもなかったぞ。無理やりされるかもしれないとは警戒していたが、これじゃまるで初めてお泊まりする時みたいじゃないか！　この間奈々に借りた漫画で見た！』

　あ、お嬢様学校の子でも漫画読むんだ。しかもちょっとエロそうなの。というか警戒してたの？　あれで？

　勇者は首を左右に振る。

「まっ、まっ、まだいい！　そうだ、ケーキを作って来たの！」

　急に話を変え始めた勇者。

って、ちょっと待って。

ケーキを作って来た？　彼女の……手作り……？

「もう死んでもいい」

俺はつい己の気持ちを正直に言ってしまった。

「えっ、そ、そんな大げさな」

そう言っているものの、彼女の表情はとても嬉しそうで。

『死ぬほどケーキが好きだったのか。なら好都合。睡眠薬入りのケーキだとは知らずに、バクバク食べるといい！』

信じないでくれ、今のは比喩だ。っていうか睡眠薬入りかよ。

いや、喜んだ俺が浅はかだったのかもしれない。でも可愛い彼女の手作りケーキって聞いたらなぁ、そらテンション上がるよなぁ。

勇者はトートバッグの中から白い箱を取り出した。箱を開き、中身を取り出す。

白いクリームに苺《いちご》の載った小さなホールケーキ。バッグに入れて持ってきたわりに綺麗《きれい》な形を保っている。見た目だけならかなり美味《おい》しそうだ。中身は睡眠薬入りの禍々《まがまが》しい物体だけどな。

『毒物は手に入らなかったけど、睡眠薬でも十分だ。寝ている間に殺せる！』

そうか、困ったな。さすがに寝ている間は回避できないし。

っていうか睡眠薬は手に入ったのに毒物は手に入らなかったんだ？　昔の俺だったら毒物扱ってる店や研究室にでも行って、そこの奴らに睡眠薬飲ませて毒物を手に入れてたな。まぁ無理か、勇者だもんな。

『でも魔王に睡眠薬が効かなかったらどうしよう』

普通の人間用の薬なら効くはずだから、そんな心配しなくていい。

一気に軽くなった様子のトートバッグを床に置いて、キッチンスペースにケーキを持って行く。調理台の上にケーキを置いて、何かを探す勇者。見つけることができずに、眉を下げて俺に尋ねた。

「包丁貸して。どこにある？」

「持ってない」

「持ってない⁉　普段料理とかは」

「食堂あるし、しないんだよね」

「そ、そっか」

嘘である。あるにはあるが、そんな危ないもの隠したに決まってるだろう。食堂を利用しているのも嘘ではないが、たまになら料理する事もある。大したものは作れないけどな。

『しまった。まさか包丁がないとは思わなかった。魔王だし、包丁以外にも刃物とか銃とか、むしろいっぱい持っているものだとばかり』

銃刀法違反になるからダメだよ。

『せめてカッターの一本でも持ってくるんだった』

それ初めて会った時にも思ってたね？

とりあえずケーキを食べる食べないは置いておいて、食べようとしているふりはしよう。

まぁ厳密に言えば睡眠薬を無断で食わそうとしてくるのも犯罪ではあるが……俺の場合分かってるしな。ここは合意の上という事にしておいてあげよう。

「フォークならあるから、直《じか》で食べていい？」

「う、うん。その方が洗い物も少なくて済むしね」

シンク下の引き出しを開けて、フォークを二本用意した。これも危険と言えば危険だが、包丁に比べたら可愛いもんだ。

勇者が引き出しの中を覗き込んでいる。きっと包丁を探しているのだろう。残念だったな、包丁はタオルとジッパー付きのビニール袋に包んでベランダにある植木鉢の中にぶっ刺した。植木鉢は先代の住民が置き去りにしていったものだが、そのまま放置しておいて正解だった。袋に入れてあるとはいえ、使う前には念入りに洗おう。

部屋の中央に折り畳みの小さな机を出して、その上にケーキを置く。それぞれが一本ずつ、フォークを手に取った。机を挟んで向かい合わせに座り、食べる準備は万端。だが俺も彼女も食べようとはしない。当然だろう。俺も彼女も、ケーキに入った呪いの隠し味を知っているのだから。

勇者は俺の様子を窺っている。

「どうしたの？」

勇者め、あくまでケーキを作って来た彼女様のふりをしているな。この流れのままでは食べようとしない俺の方が不自然で、不利になる。

「食べるの勿体ないなって」

「食べてよ。真緒のために作ったんだから」

「そんな風に言われたら食べるしかないなぁ」

つい本音を漏らしてしまったが、本当に一人で食べる訳にはいかない。むしろ食べないよう回避しなきゃいけないのに……いや、待てよ。回避せずとも殺されない方法があるじゃないか。

「鈴、俺は幸せを分かち合う事が恋人だと思うんだ」

「まぁ、そうかもね」

「そうだろ？　だからさ……はい、あーんして？」

そう言ってフォークに刺したケーキの一部を彼女に差し出した俺。

彼女の眉がピクリと動く。当然だ、勇者からしてみればこれは……宣戦布告と同じ意味なのだから。

「わ、私は真緒がお腹《なか》いっぱいになるのが幸せなんだ。だから私はいいよ。真緒食べて？」

「俺だけ腹いっぱいになるなんて寂しいじゃないか。それとも食べられない何か、あぁ、惚れ薬的なものでも入れてたり？　なんて」

「そ、そんなの入ってないよ。あぁでも、愛情は入れたかな」

「へぇ、嬉しいね。でもだったら尚更、一方的に俺が受け取るだけじゃ嫌かな」

嘘の中に真実も混ぜて、言葉として吐き出していく。

顔はニコニコしているが、内心は焦っている様子の勇者。

『魔王め、さては睡眠薬が入っている事に勘づいたな。このままだと私がケーキを食べない限り、魔王もケーキを食べなさそうだ。だが私がこの最初の一口を食べてしまうと、魔王より先に寝てしまう可能性が……いや、この薬は効くまでに少し時間がかかるタイプのものだった。だからそれまでに、魔王が私より多くのケーキを食べればいい。それなら長時間眠ってくれるだろうからな！』

口を開いた彼女は、俺が差し出していたフォークを咥《くわ》える。口からフォークを引き抜きモグモグするとほぼ同時に、自身が持っていた方のフォークで机の上に置かれたケーキを大き目に掬《すく》い、剣を刺す勢いで俺の口元に差しだす。口の中のケーキを飲み込んだ勇者は、にっこりと笑った。

「うん、おいしく出来てるよ。だから今度は真緒の番。はい、あーん」

やられた。完全に計算外だ。もう彼女は既に俺の下唇にフォークの先端を軽く押し付けていて、必然的にフォークの上のケーキも俺の上唇に触れている。勇者が寝るまで待つという手もあるが、薬が効くまでは少し時間がかかるらしいし。入れた本人ですら薬が効き始める時間が分からないのに、このままの体勢でいるのは無理がある。仕方ない。受け取ろうか、その挑戦状。

俺は大きく口を開いて、フォークの上の全てを口に入れた。普通に噛《か》んで、飲み込む。薬の味は全くしない、甘めのクリームと甘酸っぱい苺の絶妙なバランスがおいしい。だがゆっくり味わっている場合ではない。

唇についた生クリームを舌で舐めた俺は、再び彼女の口の中へケーキを運ぶ。さっきより大きめに、会話をする暇も与えない。彼女が俺にケーキを食わせるよりも先に、俺が彼女にケーキを食わす。

勇者は口を動かしながら、俺の顔を見つめ続けている。彼女の瞳に込められた殺意。いいね、この戦いの雰囲気。ほんの少しだけ懐かしい感じがする。

『魔王も私と同じ作戦のようだ。しまったな、これ以上食べたら私の方が先に寝てしまうかもしれない。けど、魔王が一人でケーキを食べているのを黙って待っているのも眠くなりそうだ。ここはケーキを食べて口を動かし続ける方が賢明か』

ほう、良い判断だ。ならばここは殺し合いなんかじゃなくて、どちらがより多く食べさせられるか勝負といこう。それなら傷つく事はないし、構図的にはイチャラブっぽく見えるかもしれない。勇者はそんな勝負内容じゃ嫌だろうけど、もはや拒否権も与えない。勝手にそうする。

俺は次のケーキを掬いながら、机の横へ移動した。それと同時に、勇者も俺の前へ移動。珍しく勇者も俺の思考を読めたようだ。机を挟まず、向かい合わせになった俺達。俺も彼女も、ゆっくり近づきながら。フォークという名の剣で甘い攻撃を詰め込んでいく。

ケーキを半分食べ終えた頃には、もう眠気が襲ってきていた。だがそれは勇者も同じ条件のはず。アニメとかでよくある、食べたらすぐ気絶したように眠るタイプの薬じゃなかったのが幸い。いや、もしかしたら本当はとっくのとうに寝ててもおかしくないものなのかもしれない。それを俺達が、気合と根性で起き続けてるだけで。

真実は分からないが、もはやどうでもいい。勝敗は——もうすぐ分かる。

二人揃って、カラン、とフォークを落とした。机の上に残されたのは、ケーキが載っていた箱の底部分だけだ。

どちらが多く食べたかは分からない。だがそこまで大きく差があったようにも思えない。

最後の一口を飲み込んだ勇者。彼女の口元にはクリームがついている。睡眠薬入りだしな。勿体ないけど、ティッシュで拭……いや、やっぱやめた。

俺は右手を伸ばし、彼女の口元についてクリームを親指で拭った。そしてそのまま、親指を彼女の口内へと忍ばせていく。

「んっ……ぁ……」

眠気と動揺が入り混じっているのか、ただ声を漏らす勇者。エロい、悪くない。

生温かい舌に親指を擦《なす》り付《つ》けて、少しでも多く睡眠薬を摂取させる。

勇者は両手で俺の右手を掴み、ゆっくりと口元から引き離した。動きは鈍くなっているものの、判断力はまだあるらしい。俺の手を掴んだまま、ニコリと笑った勇者。

「……おいしかった……？」

「うん……さいっこうに、甘かったよ……」

互いにトロンとした目つきになっている。今ここで俺達が元魔王と女勇者だと誰かに言ったとしても、きっといつも以上に誰も信じてくれないだろう。

正直すごく眠い。このままだと本当に寝る。少しでも動いて脳を働かせよう。とりあえずティッシュで親指を拭く。睡眠薬さえ入ってなければ舐めたのに……眠気のあまり、つい変な事を考えてしまう。

ティッシュをゴミ箱に捨て、彼女の顔を見る。

勇者にはまだ殺意が残ってるはずだが、もう目に鋭さはない。完全に、おねむの顔だ。俺も他人事《ひとごと》じゃないけど。

「鈴？　どした？」

　何も知らないふりをして、彼女の頬を軽くつつく。

　頑張って目を開く彼女は、ジッと俺の顔を見つめだした。嬉しい。

「あの、眠くならない？」

「うん。お腹いっぱいになったからか眠いね。ごちそうさまでした」

　正直腹はそこまで膨れていない。大きいサイズでもなかったし、それを二人で食べたしな。それにしても改心したとはいえ、あのバトルに近い感覚はちょっと楽しかったなぁ……いかんいかん。

　彼女は嬉しそうに笑った。眠さを含んでいるせいか、いつもより幼く見える。

「お粗末様でした、それで、眠いなら、寝たらいいと思うにょ」

　によって何だよ可愛いな。意識が朦朧《もうろう》とし始めたのだろうか、その気持ちはよく分かる。睡眠薬入りだと知らなかったら多分俺は寝ていた。

「寝たいけど、さすがに彼女様が来てるのに一人で寝るのはねぇ」

「うん、分かった。じゃあ、一緒に寝よう」

　誘われてしまった。薬による眠気じゃなかったら、俺は今の発言だけで完全に目が覚めただろう。でも今はダメ、無理、超眠い。けど一緒に寝てくれるって言ったし。だったら。

「……じゃあ、寝る？」

やらしい意味はない、ほんの少ししか。

コクコクと頷いている勇者。

「そうだね、寝なよ」

「ベッドの上、座れる？」

「うん、そのまま寝てね」

『そのまま、殺す、ころす、ころす……ころころする……』

心の声まで寝ぼけているらしい。

立ち上がった俺は若干足元をふらつかせつつも、ベッドの上に腰掛けた。

「鈴」

「ん」

彼女に向けて両手を伸ばすと、自然に両手を掴んでくれた。嫌っている俺の手を掴むくらいには頭が働いていないんだな。引っ張り上げて、俺の隣に座らせる。

ゆっくりと目を瞑《つぶ》って、俺の肩に寄りかかってきた。

そうだよ、そういうのだよ。そういうイチャラブが今の俺の最大の弱点なんだよ。やればできるじゃないか。そういうのもっと頂戴。

ベチンっ。急に大きな音が部屋の中に響いた。勇者が自身の頬を叩いた音だ。

『危うく魔王より先に眠ってしまう所だった。頑張って起きなきゃ。緊張感を忘れるな、私』

心の中でそう言った勇者は、体を真っ直《まっす》ぐにして俺から離れた。

その根性は偉いと思う。だがそれで勇者が痛い目に遭うのは俺も心苦しい。あと、ちょっと前までの良い雰囲気を返してほしい。

返してくれないのであればこちらから作るまでだけど。

俺は布団の片側をめくりあげて、体を横にして頭を枕に預けた。

「はい鈴、おいでー」

「うん？　寝るのか？」

「そうだよ。布団って良いよね。あったかくてすぐ寝そうだよね」

「魔王め、嫌がらせのつもりか」

おっと鈴さん、勇者の心が駄々洩《だだも》れですよ。どうやら一発叩いた程度で覚める眠気ではないらしい。俺もうっかり口が滑らないよう気をつけよう。

「嫌がらせじゃないよ。独り占めする気もない、一緒に寝るって言っただろ」

「そうか。じゃあ寝ろ」

「はいはい。でもさ、ここに抱き枕みたいなのがあればもっと安眠できるよな。それこそ一生起きないかもしれない」

「買ってくる」

立ち上がろうとした彼女の腕を掴み、再び座らせる。油断も隙も無いな。

「買ってこないでいい。買わなくとも……鈴がいるじゃないか」

「ほへぇ」

照れている様子はない。何を言われたか理解していない返事のようだ。それにしたって、ほへぇって。他になかったのか。まぁいい。

「人肌は温かいって言うしね。恋人同士、触れ合う事は普通でしょ」

「普通か、そうか。でも、それをすれば安眠になるのか」

「あぁ、安眠。すごく眠れる。永遠に寝てしまうかもしれない」

「分かった」

もぞもぞとベッドの中に入ってくる勇者。今後悪い奴に騙されないか心配だ。俺が傍《そば》に居て見張っていよう。だがその前にイチャイチャタイムだ。めくっていた布団を二人の上にかけ直す。よし。

同意の上でならオーケーだろう。俺は俺の隣で横向きになっている彼女を抱きしめた。

俺の腕の中にちょこんと納まる彼女。全体的に柔らかい感触が素晴らしい。いやぁ参りましたね。眠気が強まってる事もあって、むしろテンションも上がってきましたよ！

「ねむいか？」

ちょこんと納まるかわいこちゃんが、俺の鎖骨部に頬を押し付けながら質問してきた。

寝ぼけていたとしても魔王にそんなくっついて良いのかとも思うが、可愛いので気にしない。時よ止まれ。

「うんうん、眠いね。おやすみ」

俺は彼女を抱きしめたまま目を閉じた。これは作戦だ。俺の寝ている姿を見れば、勇者の眠気も促進するんじゃないかという。殺しにかかってきたらマズいからな、あくまで寝たふり。このまま寝ないよう気をつけないと。

「真緒？」

返事はしてやらない。したらきっと勇者も眠らないからな。

「……魔王？」

確認のようだ。だがやはり返事はしない。

「やった、勝っ、た――」

喜びの声を呟いた彼女だが、その後動く気配はない。

恐る恐る目を開いてみると、もう寝息を立てて眠っている彼女の寝顔があった。俺が先に寝たと思って、緊張の糸が切れたんだな。残念だけどこの勝負、俺の勝ちだよ。

とはいえ、俺も眠いのは嘘じゃない。布団が温かいのも彼女の抱き心地が良いのも偽りない事実。吐けば多少は変わるかな。でもやっぱり彼女様の手作りケーキを吐き出すなんて俺には出来ない。というか、俺の体ももう完全スリープモードに入っている。吐きに行く事すら難しい。もう一歩も動きたくない。ここは諦めて寝ましょうか。
……変な所じゃなければ、触るぐらいセーフだよな。
俺は欲望のまま彼女を抱きしめて眠りについた。それくらいは許してほしい。

その四　魔王と女勇者が生まれ変わって、彼女の想《おも》いを知る。

目を覚ますと、俺の腹の上に跨《また》がる勇者の姿があった。まるで騎乗いやいやいやいや。

「……何してるの？」

仰向けで彼女の顔を見上げたまま問う。勇者は悔しそうな顔をしていた。

『しまった、起きてしまった！　首を絞めようとしたのに、一歩遅かった！』

なるほど、起きて良かった。本当に良かった！

「えっと、その、風で飛んで行かないように押さえておこうと思って」

誤魔化し方が下手くそにも程があるぞ。窓閉まってるし。そもそも今日風吹いてないし。

「飛んで行かないと思うから、降りてくれると助かる」

でないとうっかり変な所を触りそうになるから。

だが勇者はすぐに退く事なく、眉を八の字に下げた状態で口を開いた。

「……重い？」

「重くはないけど」

お世辞ではなく、本当に重くない。むしろ軽すぎる位だからもっと食った方がいいよと思うレベル。しかしそんな質問をするなんて。女の子だし、俺相手でも気にするのかね。

『もう少し重ければ圧死させられたかもしれないのに。魔王を倒すためだ。複雑だけど、もっと太ろう』

変な方向に頑張らないでほしい。

この天然とんでも発想、逆に危ないような気もしてきた。彼女が刃物を持参してきてたら危なかったっぽい。ギリギリセーフ。今後は彼女の前で眠らないよう心がけよう。

俺の上から降りて、床に座った勇者。体の向きを変えて、ベッドの縁に顎を乗せてきた。少し首を傾け、じっと俺の顔を見つめている。

なんだよ……畜生……可愛《かわい》いじゃないか。

『何すれば死ぬかなー』

これさえなければなぁ……。

俺は体を横にして、涅槃仏《ねはんぶつ》スタイルで彼女の顔を見つめ返した。やはり整った顔立ちをしている。これが本当にリズム先輩の好みで形成されたものなら、悔しいけどあの人はセンスがいい。

俺は思わず彼女の頭を撫《な》でる。

「なっ、や、やめっ」

「寝起きに可愛い顔見せられたら、そりゃあさぁ」

「かわっ、い、くないっ！」

歯を食いしばり、顔を赤くして照れる勇者。いや怒りかもしれない。どちらにせよ、かわいーかわいー。

「離せっ」

俺から逃げるようにベッドから離れた彼女。警戒心丸出しでカーペットの上に座っている。伸ばしたままの俺の手が寂しく見える。ので、引っ込めた。

『魔王め、人をからかって楽しんでいるな。悪い奴《やつ》だ。それに寝てしまった私にも責任はあるが、そんな私を、だ、抱きしめたりなどと！』

あぁ、勇者が起きるまで抱きしめてたのか俺。悪いなぁと思う気持ちはあるが、あんまり反省はしていない。

『魔王は代々スケベだという言い伝えもあったし、当然なのかもしれないけれど』

待て、何だその失礼極まりない言い伝えは。仮にそうだったとしても、そんなもん言い伝えるな！

『だからと言って人の許可なしにして良《い》いはずもない』

その通りだけど、許可取ったら良いのだろうか。それ位は聞いてみても大丈夫かな。

「寝る前は恋人同士触れ合うのは普通とか言ってたじゃん。ダメ？」

「だ、ダメ！　触れ合って良い期限は切れた！」

「そんな期限があるなんて初耳だが」

「とにかく、長々と寝ているのも体に良くないだろうし。そろそろ起きなよ！」

「長々って、どれくらい寝ちゃってたかな」

「い、一時間くらいかな」

「そっか」

そこで嘘《うそ》をつく必要性はないだろうからな。多分真実だ。思ったより短かったな。

『仕込んだ薬の量が少なかったみたい。次はもっと多く入れなきゃ』

次があるのか、嫌だな。回避するのがどんどん難しくなっていきそう。

体を起こした俺はベッドから降りて、彼女の隣に座る。このまま心の距離も縮まってくれれば良いんだけどなぁ。

「真緒《まお》、もう少し寝てても良いんだよ？」

『そうしたら今度こそ殺せるし』

殺されるための今度なんて来ない。

「大丈夫。もう十分寝たし、寝すぎても夜眠れなくなっちゃうからね」

「そっか……じゃあ私、今日泊まってもいい？」

「絶対ダメ」

泊まられたら、むしろ眠れなくなるし。

『一体どうすれば眠ってくれるのだろうか。そうだ、催眠術。やった事ないけど、催眠術をかけてみよう。前に読んだ小説で、怪盗が催眠術を使って人々を眠らせていた！』

小説を参考にして犯罪に手を染めるのは良くない。そもそも犯罪自体良くない。

「真緒、私は催眠術に興味があるの。ちょっとやってみようよ。成功したら凄《すご》いの。人を操る事だって出来るんだから。きっと崖から飛び降りろって言えば飛び降りると思う」

「そっか。じゃあ危ないから止めておこうね」

「い、今のは譬《たと》え！　本当にする訳ないでしょ！」

本当にする気だったじゃん……。

彼女は何かを考えているような顔になった。次の手を考えているのか？

「……今、危ないって言った？」

「言ったよ？」

「危ないと思ったの？」

「思ったから言った」

何だこの質問。

『──おかしい。魔王が危ないから、なんて』

そんな事でおかしいって思わないでほしい。

『まるで良い奴じゃないか』

まるで悪い奴みたいに言わないでほしい。

『……もう少し見極めないといけないのかもしれない』

なんかよく分からんけど執行猶予がついたっぽい。もしかして俺が本当に悪い奴じゃないかもって思ってくれたのかな。それはそれで嬉《うれ》しいが、完全に殺す気がなくなった様子でもなさそうだし。俺は引き続き彼女を幸せにする方向性で考えよう。そのためには。

「鈴《すず》、そろそろ帰った方がいいんじゃない？　電車が混み始める前にさ」

まず俺が彼女を襲わない内に帰す。

「大丈夫、混んでても平気だから。やろう、催眠術。ちょっと、ねぇ、腕を引っ張るんじゃない！」

俺は彼女を引っ張って、無理やり駅まで送って行った。

『腕が千切れたらどうする！』

そこまで強く引っ張ってないよね⁉


それから一ヵ月間、心理ゲームのような文面がＬＥＩＮで送られてくるようになった。しかもほぼ毎日。一緒に遊びに行った日も、遊ばなかった日も。毎日何かしらの質問が送られてきた。

どうやら俺が本当に悪い奴なのかを見極めるための質問らしい。俺が嘘を答える可能性は考えてないんだろうか？　嘘をつく気もないけどさ。

今日も教室で席に座りながら、彼女に返事を打つ。殺されるよりは全然いいけど、一ヵ月もよく続いてるもんだ。

【道にお金が落ちてました。どうしますか？】

おまわりさんに任せます。

【あなたは道に迷ったおばあさんを見つけました。どうしますか？】

道案内をします。

【あなたは道で迷子の子ネコちゃんを見つけました。どうしますか？】

犬のおまわりさんに任せます……この質問、何が正解？

たまに俺も質問をしてみたりする。

鈴だったらどうする？　っと。

【助ける。じゃあ次の質問】

質問をしても、すぐに話を進めるので広げさせてくれない。どう助けるのか教えてくれ。

授業終わり、スマホを開くとまた新たな文面が送られてきていた。

【綺麗《きれい》な花が咲いています。どうしますか？】

写真くらいは撮るかもしれない。

魔王的には踏みつけたり燃やしたりするだろうって事かな。そうだ、ここで花の画像でも送りつけたら良いんじゃなかろうか。そんな事する魔王、そうそういないだろう。フリー素材でもいいけど、確か中庭に何か咲いてた気がする。黄色いやつ。次は教室移動だし、せっかくだから授業が始まる前に撮って来るか。

俺はレポート用紙と筆記用具を持って教室を出た。


「ブラックマスター、焼き肉奢《おご》れぃ」

「うわっ」

中庭に行く途中の通路にて、背後から抱きついてきたリズム先輩。どちらかというと、おんぶに近い。背中に柔らかなものが当たってはいるものの、興奮してはいけない。良い香りもするが、騙《だま》されてはいけない。

「杏仁豆腐《あんにんどうふ》もつけろ」

最悪な事を耳元で囁《ささや》かないでほしい。

「何ですか急に。何か良い事でもあったんですか」

「良い事がなくちゃ焼き肉食べちゃいけないのか」

「そうじゃないですけど、妙に機嫌がいいから」

「奢ってもらえるんだから機嫌も良くなるに決まってるじゃないか」

「まだ奢るって言ってません」

「分かったよ。じゃあ金だけ出せ。他の女の子と食べてくる」

「普通に嫌です」

「焼き肉の後のキスはありか、なしか」

「相手が恋人である場合はあり」

「あたしはなしだと思うんだよ」

「考え方が合わないですね、わぁ残念。それより降りてくれません？」

「金を出せ」

完全なカツアゲ。本当に悪魔のようだ。いや、それは悪魔に失礼かもしれない。

「ダメですよ。大体リズム先輩、俺よりお金持ちでしょ」

「社長令嬢だからね」

得意げな様子のリズム先輩。確か化粧品会社の娘とか言ってたかな。その会社のサンプル品を使って男を女装させて遊んでいるのだから、とんでもない人だ。

「社長令嬢が後輩からカツアゲしないでくださいよ」

「それもねぇ、あたしが死ぬ間際に『大金持ちになりたい』って思ったから叶《かな》ったっぽいんだよな」

「……ズルい！　俺も社長の息子に生まれたかった！」

「君の家だって普通に裕福だろう。魔王のくせに我がまま言うんじゃない！」

何故《なぜ》俺が怒られなきゃならないのか。そりゃ母さん公務員だし、普通よりは裕福ではあるが。

「まぁ今の家族も嫌いじゃないので。社長の息子じゃないのは諦めますけど、焼き肉代は出しません」

「そうだ。あたしブラックマスターに謝らなきゃいけない事があるんだった」

「その前にカツアゲしないって誓って欲しいんです……って、リズム先輩が俺に謝ろうとするだと!?」

「失礼な。あたしは偉いんだぞ。悪いことしたらちゃんと謝る」

「悪い事をしたら謝るのは当たり前の事だと思うんですが、まぁそこはいいです。ところで何を謝ってくれるんですか？　大量の課題を押し付けてきた事ですか？　チョークスリーパーかけてきた事ですか？　突然蹴とばしてきた事ですか？」

「どれも悪い事だと思ってない」

「なんで？」

「謝ろうと思ってたのはほら、前に誘ったコラボカフェの事だよ」

あぁ、二人はウニウニのコラボカフェか。行きたくないなって思ってたやつ。何だろう、日程間違えたとかかな。

「あれ君じゃなくて他のかわいい女の子と行く事にしたから。期待させてごめんな？」

「嬉しい」

「あ？」

「間違えました。残念です」

つい心の声が漏れてしまった。行きたいなと思ってたものだったら悲しんだし怒ったかもしれないけど、普通に行きたくないなと思っていたので本当に嬉しい。

「まさか行きたくないと思ってたのか？　こんな美人とデート出来る機会滅多にないだろ？」

自分で言うのか、この人は。でも面倒だから機嫌を損なわせないよう話を合わせよう。

「そうなんですけどねぇ。あぁでも、彼女に報告しておかないとかなぁとは思ってました。報告する前で良かったです」

「そうか。彼女に気遣いが出来るなんて、ブラックマスターも中々偉いじゃないか。過去の君からは出てこなさそうな発想だ」

「まぁ、俺も彼女も変わりましたからねぇ。彼女も彼女で、五桁じゃない値段のワンピースが信じられないって。コニクロで驚いてました」

「へー……彼女ワンピース着るんだ」

おんぶしているので表情がうまく読み取れないものの、先輩の声のトーンが低くなった気がする。何でだろう、機嫌は損なってないと思うんだけど。勝手に心読んだら怒られそうだし、大したことなかった時のガッカリを味わいたくない。

「そりゃ女の子だし、着ててもおかしくないでしょう。あれ、そういえば彼女会う時必ずワンピースですね。しかもフリルも何もない、シンプルなやつ。制服もワンピースだったし。制服が一番派手かも」

「どうしてワンピースばっかり着てるんだ?」

「どうしてって、知りませんけど。そりゃ単に好みじゃないんですか?」

「彼女に聞いてもないのに決めつけるなよ。そうだ、ブラックマスター、紙とペン」

突然俺から降りて、今度は金ではなく紙とペンを要求してきたリズム先輩。

「何ですか突然」

「いいから貸せ。今から……シリアスに突入する」

本当にシリアスシーンに入るぞとでも言いたいのか、真顔になってやがる。

「そんなシリアスの入り方嫌です」

「嫌でも何でもいいから早く、紙とペン」

ほんとに自由人だな。でも金出すよりはいいか。

俺はレポート用紙とシャープペンシルを渡す。カチカチっとシャーペンの芯を出した先輩は、用紙に人の全身を描き始めた。神絵師が描く所をリアルタイムで見られている。嬉しい。

　サラサラと手を動かすリズム先輩は、口も動かし始めた。

「勇者ってかわいいもん好きだったりする？」

　突然勇者の名前を出さないでほしい。周囲を見渡す。よし、人はいないな。

「まぁ好きだと思いますよ。猫かわいいとか、ウィッチールンルンかわいいって言ってたんで」

「そうか。やっぱりな。じゃあ、こんなもんでどうよ。色はピンク」

　先輩はワンピース姿の女性が描かれたページだけを切り取って、俺に渡してきた。

　シャーペンで描いたから色はついていない、裾に花柄模様があしらわれているワンピース。さすが神絵師。花びらの一枚一枚も丁寧に描かれている。

「さすがですね。いいんじゃないですか。女の子っぽくて、かわいいと思います」

「このデザインが好きかを勇者にも聞いてこい。今度会う時までの宿題な。もし気に入ったって言えば、あとは服飾コースの子達《たち》に作らせるから。君はこれを勇者にプレゼントしてくれ。費用はあたしがどうにかする」

「何ですか突然。恩売っておいて奪う気ですか？」

「たわけ。ただあたしがそうしたいだけだよ。あたし見た事ないからさ。勇者が、可愛い恰好《かっこう》してるところを。ワンピースくらい、いいだろ」

リズム先輩は何故か悲しそうな顔をしている。俺が見せてくれないとでも思っているのだろうか。そりゃ奪われる可能性があるのなら会わせないようにはしたいけど、写真くらいなら見せても良いんだけどな。

「いいですけど、何ですその顔」

「気にするな。あと服作るってなったら彼女のスリーサイズ聞いてこい。じゃなきゃ作れない。恥ずかしいとかで嫌がったら、服作りの練習にならなくて困ってるとでも言えば、彼女は引き受けてくれるだろう。というか理由もなく女の子にスリーサイズを聞くとは何事だ、このセクハラ野郎」

「勝手に言って勝手に罵倒するのやめてくれます？」

「いいから、聞いとけよ」

そう言ったリズム先輩は、俺にシャーペンを押し付けてどこかへ行ってしまった。残りのレポート用紙全部持ってかれたな……。


放課後、勇者から来週の土曜休みに会いたいと連絡があった。文面だとかわいいんだけど、どうせまた俺殺人計画を練ってるんだろうな。

ちょうどいい、この時に先輩のデザイン画を見せよう。

ところで、今度はどこで会おうか。一応行きたい場所を聞いておこう。ＬＥＩＮポチポチ。

【いや、どこかに遊びに行きたいとかじゃなくて。ほら、バレンタインだから】

……バレンタイン？　バレンタインってあれだろ、チョコにまみれた可愛い女の子の画像がネットにアップされる日。

【チョコ渡したいだけだから、ちょっと会えればいいんだ】

バレンタインデーにチョコが貰《もら》える？　はっはっは、ご冗談を。バレンタインにチョコをくれるのは家族だけですよ。家族にさえ貰えない時だってある。

いやまて、落ち着け。現実逃避もいい加減にしろ。

どうせ手作りの毒入りチョコだ。

渡したいだけってのは、俺だけに食わせようとしてるのかもしれない。一応前回のケーキから学んでいるようだ。

勿体《もったい》ないけど、チョコは貰ったらすぐゴミ箱に入れよう。毒入りか、睡眠薬入りか、下剤入りか。どんなチョコでも食べちゃあいけない。

【じゃあ、三時くらいに寮に行くのでもいい？】

いや、近所の公園にしてもらおう。万が一目の前で食べろって言われて食べても、最悪通りがかりの人に助けてもらえるかも。寮より公園の方が発見が早そうだ。

俺が場所を指定すると「ありがとう」と猫がお礼を言っているスタンプが返ってくる。

よし、それまでにシミュレーションしておこう。

勇者はきっと殺意を隠すために笑顔で殺人チョコを渡してくるだろうから、俺も笑顔でチョコを貰って……ひと舐《な》めくらいならセーフかなぁ……ダメだ、落ち着けてない。


そして土曜日。渡されたのは、まさかの市販品だった。

事前に箱を開けた形跡もないし、注射針の穴みたいなのも見当たらない。

『一番おいしそうなのを選んだつもりだけど、喜ぶかな?』

ちょっと待て。俺が喜ぶって事は、まさか毒入りじゃないのか?

完全に手作りだと思ってたので食べない気でいたが、市販品なら食べない方が殺されるのでは?

「えっと、これは、目の前で食べたほうがいいやつ?」

「どっちでもいいよ?」

「じゃ、じゃあ一個だけ」

中身を見てみると、丸い形のチョコが八個入っていた。チョコの香りだけで、変な匂いもしない。

一つをつまんで、恐る恐る口の中に入れてみた。

チョコの中に入っていたのは毒ではなく苺《いちご》で、その甘酸っぱさに困惑した。ドライフルーツっていうの？　乾いた苺に甘いチョコが絡まって、嚙《か》むたびに柔らかくなる。うまい。うまいんだけど、うまくて大丈夫か？

とりあえず礼は言おう。

「嬉しいよ。ありがと」

「……どういたしまして？」

彼女は何故か、微妙な顔をしていた。もしかしたら何か期待を裏切ったのかもしれない。

『魔王がお礼を言うなんて、やっぱりおかしい！』

なんだ、そんな期待なら何度でも裏切ってやる。

もしかしたら、形だけでも恋人同士のふりをしておいて今後の殺人計画で油断させようっていう魂胆だったのかもしれない。そんなに警戒しなくても良かったな。嬉しいのでもう一個チョコを食べる。うまい！

チョコを飲み込んだ後、俺はリズム先輩が描いた絵を見せた。

「ところでさ、鈴に見てほしいものがあって。うちの学校の先輩が描いたんだけど、どう思う？」

デザイン画を見た勇者は、目を輝かせている。

「す、すごい。これ本当に高校生が描いたの？」

「うん。こういうデザイン好き？」

「好き！」

勇者はにっこりと笑みを浮かべた。

勘違いするな、俺がじゃない。ワンピースが好きだって話。そしてこの笑顔が、リズム先輩のおかげというのが何だか悔しい。

「そっか。じゃあ作ってもらおう」

「え？　作ってもらう？」

「うん。ほら、うちの学校、服飾コースがあるから。作ってもらって、鈴にプレゼントするよ」

驚いた顔をしている勇者は、すぐに苦笑いになった。何でだ？

「いや、可愛いけど。私には似合わないと思うんだ」

『こんな、まるでお姫様みたいなやつ……』

うーん、意外とネガティブさんだよな。もっと自信を持っていいのに。

「そうかな。これはこれで似合うと思うけど」

「だ、ダメなんだ。あんまり派手なやつは。制服だって可愛すぎたかなって思ってるくらいだ」

確かに好みの服と似合う服が違うっていうのはよくあるけど、好きなら着ても良いと思うんだ。

あとやっぱり、デザイン画の服も似合うと思うんだけどな。

「ところで鈴、いつも会う時ワンピースだよな。それは好みで？」

丁度午後五時である事を示す、夕方のチャイムが鳴り始めた。周りの子供達はそれが合図だったかのように、一人、また一人と公園を後にしていく。

「好みというか、これくらいなら許されるかと思って」

「許されるって？」

「……何でもない」

何でもない、って事はないだろう。

俺はいつも通り、彼女の心を読んだ。

『だって私は勇者だから、ドレスなんて着られないし』

あぁ、相変わらずドレスへの憧れがあるのね。可愛いもんが好きだったり、乙女チックな勇者様だ。

ドレスを着る機会なんてこっちの世界じゃそうそうないから、ワンピースで代用してるって感じかな。でも、それならフリルとか花柄の方がドレスっぽくない？

それこそ、このデザイン画の方がドレスっぽい。着ているワンピースは、あまりにもシンプルだ。

公園の周りを囲うように設置された街灯が、パッとつき始めた。

頭上が明るくなった事に反応した勇者は、顔を上げて。

寂しそうな横顔を俺に見せる。

『魔王を倒すまで、私はずっと勇者だから。普通の女の子みたいなオシャレをしてる場合じゃないんだ』

……何だよ、それ。

確かに、勇者だったかもしれない。でもそれは前世での話だ。

もう鎧《よろい》なんて着なくていい。剣なんて振るわなくていい。勇者なんだから、なんて誰かに言われるような世界じゃない。完全に悪い奴がいない訳じゃないけれど、それなりに平和な国だ。だから。

「――ぇよ」

「え？」

思わず彼女の両肩を摑《つか》んだ俺は、目を見て言った。

「何着たって誰も怒んねぇよ、お前は、普通の女の子なんだからさ！　何だって好きなもん着てろよ！」

「ま、真緒？」

不安げな表情になった勇者を見て、俺はハッと冷静さを取り戻す。

「すまん、ちょっと思う所があって」

「何だかよく分からないけど、落ち着いて。何なら深呼吸だ」

そう言って自分で深呼吸し始める勇者。

俺は深呼吸せずに、彼女から手を離す。

「深呼吸する程じゃない。大丈夫だけど、ちょっと、今日は、帰る」

「そう？　まぁ無理しちゃダメだよ。休息は大事なものだから。具合が悪いなら送って行こうか？」

「元気ではあるから、気にしないで。鈴こそ帰れる？」

「心配しなくていい、私はいつも元気だ！」

「そうだろうね」

見るからに元気そうだもの。それは良い事だ。だけどやっぱり、俺の思う所は変わらない。

「じゃあごめん。帰る。気をつけて。チョコありがと。またね」

「う、うん。また、ね」

彼女に背を向けながらも、俺は彼女の心の声だけを聴いた。

『魔王にとって思う所って何だ？』

勇者の事だよ。

夕焼けに染まる道を一人で歩きながら、ずっとずっと、彼女の事を考えていた。

正直、この世界でまで俺を殺そうとするなんて勇者はなんてしつこいんだろうと思っていた。

リズム先輩の話だと、彼女は顔の良さだけで勇者に選ばれたという。

けど本当は、そんなものになりたくなかったとしたら。ただ強要されていただけのものなら。しつこく俺の元へ行く事を、当然と思うようにさせられてしまったのなら。

俺は一体、何回彼女を殺したんだ？

元々正義感が強かったとしても、ただの村娘として生きる事だって出来たんだ。ただの村娘なら、ドレスは無理だったとしても好きな服くらい着られただろう。

バカみてーにゴツゴツした鎧着てたじゃねぇよ。しつこいじゃねぇよ。

全部魔王がそうさせてたんじゃん。

この世界で何をしたら悪く、何をして良いのかは学んだ。だからこそ前世でやってきた事が、悪い事だというのは理解した。

だからもう、俺が罪を犯すような事はない。けど、彼女にはそれが伝わってないんだ。

俺だって、やっぱり殺されたくはない。彼女の事だって、人殺しにはしたくない。

このままじゃダメだ、でも俺一人じゃ解決出来ない。

ここは、協力者がいないと。

今の俺には、黙ってついてきてくれるような奴はいない。だから、自分から頼み込まなきゃダメなんだ。

俺はスマホを取り出し、リズム先輩に電話をかけた。俺から電話するなんて、初めてかもしれない。

「リズム先輩、今どこにいます？　ちょっとお話ししたい事が」

『勇者の事か？』

先輩は間髪容れずに勇者の名を口にした。

そうか、先輩は最初から分かってたんだな。普通に教えてくれれば良いのに……いや、それだと俺の方が信じなかったかもしれない。

「そうです」

『なら、ちょっと雰囲気作りたい。芸能コースのメイク室に来い』

何でメイク室？　まぁいい、今はそんな事どうだって良い。

俺は電話を切って、すぐ芸能コースに向かった。

俳優やアイドルの育成に力を入れた、ウィアード専門高等学校芸能コース。メイク室というだけあって、壁一面に大きな鏡が広がっている。まるで芸能人が使う楽屋みたいだ。その手前の台には口紅とかブラシとか、なんかよく分かんないけどキラキラした粉が入っている容器などが置かれていた。

本来なら他コースの俺が来るような場所じゃないんだろうけど、リズム先輩が遊ぶためにここに入り浸ってるのは有名な話だし。立ち入り禁止って訳でもないから大丈夫だろう。

壁には豪華な衣装が数点、ハンガーにかけられて並んでいる。それこそお姫様が着そうなドレスや、魔女の帽子まであった。

「来たか。話って何だい？」

リズム先輩は膝を組んで、背もたれのない椅子に座っていた。

幸いな事に、他に人はいない。だから正直に、言いたい事全部ぶちまけよう。

「彼女がワンピースばっかり着てる理由を聞いてきました。俺のせいです」

俺の言葉を聞いて、リズム先輩はため息を吐いた。

「やっぱりな。あの子は前世の時からそうなんだよ。勇者なんだから髪飾りなんてつけられない、化粧なんてしてる場合じゃない。そうやって、自分で自分を呪いまくってた。君から彼女がワンピース着てるって聞いた時には、その呪いも解けたのかなって思ったのに。シンプルなデザインしか着てないってなりゃあ、勝手に着られる服の制限かけてるんだろうなーって」

「……その呪いを解くには、どうしたらいいですかね」

「バカ。あたしは勇者パーティーだぞ。簡単に解けるなら、とっくに解いていたに決まってるだろうが」

　ごもっともな意見だ。でも、それなら。

　リズム先輩の大きな瞳に、真剣な顔をした俺が映った。

「金なら出すから、あのワンピース作ってもらう事出来ます？　何としてでも、彼女にあのワンピースを……彼女に好きな服を着させてあげたいんです。捨てさせてしまった自分らしさを返す。それが俺の、贖罪《しょくざい》です」

　ゲームだったら、いくらでもやり直し出来るんだろうけど。あいにくここは、ゲームの世界でも魔法がある世界でもないので。

　俺達《おれたち》がやり直すためには、自分自身の行動で頑張るしかない。

　俺の反省が伝わったのか、リズム先輩はにんまりと笑った。

「よし分かった。金の方はあたしが出してやろう」

「いや、そこは俺が」

「気にするな。女の子を可愛くするのは、魔法使いの役目だって相場が決まってるんだよ」

リズム先輩は、壁にかけられていた魔女の帽子をかぶる。そうか、雰囲気作りたいって恰好の話か。

「じゃあ、そっちはお願いします」

「そっちは？　君は何かするのか？」

「いきなりワンピース着て良いんだって言っても着ないと思うので、それなりに信頼してもらえるまで好感度上げるしかないんですよね」

「まぁそうだな。何だ、デートでも重ねて信頼度を上げようって？」

「そうなりますね。でも、俺が彼女の心を読んで、俺の都合の良いようにさせるのも違う気がするんです。それじゃあ彼女は、自分らしくなったとは言えない。だから……」

俺は先輩の目を見て、その決意を口にする。


「彼女の心を読むのは、もう止めます」


彼女の心を読めば、殺される事もないだろうし、今後もうまく付き合っていけただろう。でもそれじゃあ、彼女の意思は全部無視する事になる。

それが彼女にとって、本当の幸せだとは思えない。

彼女の心を読まなければ、彼女が俺の好意を拒否する事だって出来るし、俺を殺す事だ

って出来るかもしれない。

リズム先輩は少し驚いた顔をしている。俺が彼女の心を読まなければ、殺される可能性もあると踏んでいるのかもしれない。

先輩はまた、にんまり笑う。

「殺されないよう、頑張れよ」

やっぱり。

「万が一の時は、俺のパソコンぶっ壊してください」

遺言を残して、俺はメイク室を後にした。

寮に戻るまでの道で、どうすれば彼女に好かれるかを考える。きっとこの悩みは、この世界ではよくある悩みなんだろう。

これからは、普通の男女として生きるとしよう。

目いっぱい、彼女に好かれる努力をしよう。


ただ、本当に万が一。


俺が彼女に好かれる事なく、勇者が俺の事を悪い奴だと思ったままだったら。

殺されそうになったその時には——大人しく受け入れよう。

その五　魔王と女勇者が生まれ変わって、向き合うまで。

決意した日の夜、まさかの俺を心配する電話がかかってきた。勿論《もちろん》、彼女様からである。

「ありがとう、あと、ごめん」

個人的に過去の事も含めて謝罪したら、何故《なぜ》か切られた。

そして何事もなかったかのように、あの心理ゲーム的な問答が続いた。何だったのだろうか。

おっと、大事な事も聞かないと。俺はリズム先輩に言われた通り、ＬＥＩＮで鈴《すず》のスリーサイズを聞いた。先輩の思惑通り、困っていると聞いた鈴は渋々ながらもスリーサイズを教えてくれた。83・53・84だそうです。素晴らしい。

ＬＥＩＮによる問答は、さらに一週間ほど続いた。

ただ、その後あまりにもパタリと止《や》んだため急激に不安になった。逆に俺から【何で止めたの？】って聞いてしまったくらいだ。

【直接聞くのでもいいかなって思って】

そうか、直接会わないと殺せないもんな！　良かった！

なんて変な喜び方をしてしまった。

【ついでに聞くけど、今度ご飯作りに行ってもいい？】

……なんか急に流れ変わったぞ？

ごはん？　ご飯って、俺の？

そんなのもう彼女どころか嫁じゃん。勿論オーケーするに決まってる。

【刃物は持っていくね！】

恐ろしい文面だな。上げて落とされた。

仕方ない、包丁を買ったから持って来なくていいと嘘《うそ》をついておこう。彼女に刃物を持ち歩かせるのもよくないし、頑張って刺されないよう回避するしかない。

植木鉢にぶっ刺していた包丁は、既に丁寧に洗って元の位置に戻してある。

【何が食べたい？】

毒や睡眠薬が入ってないものですかね。

とは言えず、ハンバーグと答えた。何でも良かったんだけど、二人で初めて食べた記念のものだし、なんとなくね。

もしかしてだけど、今回寮で作りたいって言ってるのは俺の分にだけ毒を入れようとしてるとかかな。チョコの時に入れなかったのを後悔してるとか。

でも、寮で作ってくれるなら逆にチャンスだ。ずっと見張ってよう。

約束した土曜の昼。彼女は俺の予想を裏切って、普通に部屋に来て普通に料理を始めた。持参してきた赤色のエプロンがとてもよく似合う。

「玉ねぎを切るのは、ちょっと苦手だな」

鈴はそう言いながら、包丁で玉ねぎを切っていく。

まな板の上をのぞいてみる。玉ねぎは均等にみじん切りにされていた。

「苦手って言うけど、すごいうまいじゃん」

「違う。切り方じゃなくて」

彼女は目元に涙を溜《た》めていた。これは心を読まなくても分かる。

「そっか、確かに玉ねぎ切ると涙出るよね。何か手伝う？」

「大丈夫、ありがと」

にこりと笑う鈴に、俺は思わずドキっとした。

心の中が見えていない彼女は、ストレートに可愛《かわい》く見える。

そういえば、俺に対する殺意が全然感じ取れないな。包丁を持っていても、俺に刃先を向けてくる事もない。普通に料理をしているようにも見える。

これじゃあ本当に嫁みたいだな……なんて。さすがにうぬぼれ過ぎる。

殺意が分からないのはきっと、殺されても仕方ないと俺が受け入れたからだろう。

最終的にはハンバーグだけでなく、白米と茹《ゆ》でたブロッコリー、インスタントのコーンスープまでつけてきた。萌《も》えで死にかけた。

もう死んでも悔いはないと思いながら食べたが、結果として死ななかった。

毒どころか睡眠薬も入っていないっぽかった。ただただうまかった。ハンバーグはお店の味とは違って、家庭的な味だった。Mの字にかけられていたケチャップの酸味が肉汁と合わさって、マイルドな感じ。適当に言ったメニューだったが、大正解だ。

「おいしいけど、突然どうしたの？」

これじゃあ普通にご飯を作りに来てくれた事になる。前にそういう話が出た訳でもないし、誕生日でも記念日でもないのに彼女がご飯を作りに来るなんて。

鈴は何故か、しょげた顔をしていた。

「長生きしてほしいなって」

殺そうとしている者のセリフとは思えない事を言い始めた。そう言って油断させておく作戦かもしれない。

「事故とか事件とかに巻き込まれない限り、長生きすると思う。うちの家系、長生きだし」

「そっか。じゃあ良かった」

きっとお世辞なんだろうけど、すごくニコニコしてるな。まるで本当に長生き家系で良かったと言いたげに見える。

「ごめん。今日はこの後、友達と約束があるから帰るね」

「約束があるのに、ここに来てくれたの？　他の日とかでも良かったのに」

「えっ、あぁ、うん。時間があったから。なんというか、少しでも早く真緒《まお》にご飯を食べさせてあげたくて」

鈴は何故か、すごく動揺している。心を読めばその理由も分かるんだろうけど、そこは読まないと決めたので。彼女が言う事だけを信じる。余計な事も聞かない。

「そっか。ごちそうさま。駅まで送ろうか？」

「だっ、大丈夫！　真緒は家から出ないで、危ないから！」

なるほど、俺を寮に閉じ込める作戦だったか。

ハンバーグは最後の晩餐《ばんさん》として普通においしいのを作ってくれたんだな。優しさが身に染みる。

「なら遅刻しないように行かないとね」

「うん。もう行くね、バイバイっ」

鈴は逃げるように玄関から出て行った。

全然音がしないけど、閉じ込められたのかな？　流石《さすが》に学校には行かないとマズいんだけど。

玄関に行き、試しに開けてみた。開いた。

まさか家から出るなと言っただけで俺が出て行かないとでも思ったのだろうか？

ＬＥＩＮで連絡してみる。ここから出られないと、鈴と遊びにも行けないんだけど？

と。

返事はわりとすぐ帰って来た。

【これからは必要最低限の外出にした方が良《い》い。でも、私となら外に出ても大丈夫！】

なんで？

【今度防犯ブザー買いに行こうね】

なんで？

【真緒は私が守る！】

なんも分からん。

その後、理由を聞いてみたが【今は話せない】としか返って来なかった。

魔王に話す事なんてないという事だろうか。

全部は聞き出せないとしても、色々と話し合える関係になりたい。そのためにも、まずはコミュ力を高める所からか……遠い道のりだな。

殺される事なく、一ヵ月が過ぎた。外出を控えろとは言われたものの、特に閉じ込められたりもせず。普通に学校にも行けた。鈴と出かけた時は、本当に防犯ブザーを買いに行ったりもした。

あまりにも時間の流れが早く感じたので、俺は部屋に日めくりカレンダーを飾るようにした。一日一枚カレンダーを破りながら、彼女との思い出を重ねていく。

もう三月になるのか。世間でいうホワイトデーが近づいてきてしまった。渡せるかはさておき一応プレゼントを用意するとしよう。

俺はネットで調べたり、店に行ったりして彼女の喜びそうなものを探す。

本気で駄菓子詰め合わせとも悩んだが、色々見た結果、ウィッチールンルンの缶に入ったクッキーの詰め合わせにしておいた。安すぎるだろうかとも思ったものの、缶なら気軽に捨てられるだろうという事で採用。

バレンタインの時とは反対に、俺から彼女を公園に呼び出す。今日の彼女はベージュ色のワンピースの上に白いPコートを着ていた。赤いハンドバッグだけがとても派手だ。

「ホワイトデーのお返しです」

俺は紙袋に入れられたクッキー缶を手渡す。ファンシーショップのお姉さんが、超可愛くラッピングしてくれた。

「開けても良い？」

「いいよ」

袋の中から缶を取り出した彼女は、目をキラキラと輝かせていた。

「すごい、かわいい！」

「ほら、前にルンルン気になってたっぽかったから」

「うん。本当はとてもかわいいと思ってたんだ」

あれ？　妙に素直だな。可愛いからいいけど。

「気に入ってくれたのなら良かった」

「あ、でもクッキーなのか」

かと思えば、彼女は急に下がり眉になった。

「クッキー嫌い？」

「クッキーは好きだよ。でもほら、ホワイトデーのお返しって意味があるって言うでしょ？」

「意味？」

「知らない？　クッキーは友達でいましょうって意味があるらしいよ」

知らんそんなの……！　クッキーが何をしたって言うんだ！

「ごめん。正直、缶で選んだ」

「そっか。なら良かった」

良かった？　あぁ、友達ですら嫌だと思ってるのか。辛《つら》。

「違うの買ってこようか？」

「ううん。嬉《うれ》しい事に変わりはないよ。本当にクッキー好きだもん。缶も大事にする、ありがと！」

彼女はそう言って、ふにゃりと笑みを浮かべた。

お世辞でかは分からないけれど、喜んでくれた姿を見られたのは嬉しかったな。

「ちなみに、ホワイトデーであげるべきプレゼントの正解って何？　クッキーが友達なら、他のお菓子には別の意味があるとか？」

「私も奈々《なな》から聞いただけだから詳しくないけど、一番良いのはキャンディーらしいね。逆にマシュマロは嫌いって意味があるからダメらしいよ」

「マシュマロが何をしたって言うんだよ……」

「さぁ？　でも私はマシュマロ好きだから、たとえ貰《もら》ったとしても気にしないよ！」

「うーん。そう言われても、知ってしまった以上渡しづらいなぁ。次はちゃんと意味も調べて渡すよ」

彼女がキョトンとしていた。あぁそうか、次とかないんだ！

「次……も、ある？」

恥ずかしそうにしている。まるで喜んでいるみたいじゃないか。

「鈴から貰えれば、ある、よ？」

「そ、そっか……」

鈴は持っていたハンドバッグで顔の下半分を隠す。どう見ても照れ隠しだった。

そんな訳ないのに、思わず期待してしまう俺がいる。

「そういえばね、このバッグ奈々からのプレゼントなんだけどね」

そう切り出した彼女はバッグを下ろして、友達の話や学校での様子を話してくれた。おかしな空気を打破したかったのか、余儀なく個人情報を流出させたらしい。

また一ヵ月が過ぎた。その間も何度か会ってはいたが、殺される気配は一切なく。新しいノートを買いに行ったり、学校での出来事を公園で話したり。まるで普通の高校生らしいデートをして過ごした。

そして死ぬ事なく進級してしまった。

四月十四日。俺は警戒しながら黒アゲハの校門前に立った。

近所で不審者が出たらしいので送って欲しいと言われ、彼女の学校から自宅まで送る事になったからだ。俺は彼女と一緒に居られるし、交通費も出してくれるとか言うし。俺的には悪い話じゃないからオーケーしたけど、あんなに個人情報がどうのこうの言っていたのにという疑問は残る。

あぁ分かったぞ、不審者と鉢合わせにさせて殺させる気か。それなら家を知られてもすぐ殺せるもんな。

「お、お待たせ……」

彼女は少し恥ずかしそうに俺の前に現れる。

なんてこった、可愛い制服姿が見れてしまった。

「……制服、本当に可愛いじゃん」

「そうかな、派手だったかなって思ってるんだけど」

「んな事ないよ。似合ってるし」

「お、お世辞でも嬉しい。わざわざごめんね？　朝は親が送ってくれるんだけど、帰りはどうしても都合がつかないみたいで」

「お世辞じゃないって。そんなに気にしなくていい。さ、行こ」

やっぱり俺の言う事は信じてくれないらしい。

少しでも俺が普通の人間だって分かってもらうために、学校でのたわいのない話をする。鈴も俺に合わせて、相づちを打ったり質問をしてきたりする。

「コースが違うから立花《たちばな》と授業が被《かぶ》る事はないんだけどさぁ」

「そうなのかっ！」

「学食はコース関係なく使えるから、たまに昼一緒に食べたりする」

「なんだって⁉」

「アイツ、味噌《みそ》ラーメンが好きでさぁ」

「へぇーっ！」

立花との話をすると、鈴の反応がとても大きい気がする。ちょっと面白い。けど、きっと俺と立花で悪事を働いてないか探りたいだけなんだと思う。

「あ、そうだ。立花、彼女が欲しいから黒アゲハの子を紹介してほしいって言ってた」

「そっ、それは難しい！　その、紹介できる子って奈々くらいしかいないし。奈々はあんまり男の子好きじゃないし！」

やっぱり友達を魔王の手下には紹介したくないらしい。何としても、立花の誤解だけでも早く解かないと。

「立花は良い奴《やつ》だよ。優しいし、裏表ないし」

「真緒の方が良い奴だと思う！」

えっ？　何で今褒めた？　油断させる気か？

それとも……多少は好感度が上がってる、のか？

「あ、ありがとう」

とりあえず礼を言った。彼女はにっこり笑う。

「こちらこそだよ。家着いた」

おぉ、普通に彼女の家を知ってしまった。特別金持ちそうでもない、緑色の屋根の一軒家だった。

「本当に、ありがとね。また明日っ」

「あぁ、うん。また明日……」

何故俺が良い奴だと言われたのかは、聞くタイミングを逃してしまった。

不審者が捕まる一週間後まで、毎日送り迎えが続いた。結局、不審者が俺達《おれたち》の前に現れる事は一度もなかった。


その不審者が捕まった翌日、四月二十二日。彼女の家に招かれた。何でも彼女の母親が送り迎えの礼をしたいと言ってきたらしい。

さては俺の正体を母親にだけ話して、二人がかりで殺す気とかか。とも思ったんだけど。

「家に上がるなんて、さすがに申し訳ない」

「気にしなくていいよ。むしろお礼させてもらえない方が申し訳ないから！」

鈴は俺の手首を摑《つか》んで、無理やり家の中へ引っ張っていく。

「大丈夫だって、お気持ちだけで十分だって！」

「そんなに嫌なの？」

そう聞かれて、気付いたら俺は玄関の中に入っていた。だって上目遣いだったんだもん。

特別金持ちじゃあないのかもしれないけど、お金に苦労してる訳じゃなさそう。玄関に花が飾ってあるし。

「いらっしゃい。今まで鈴の事送ってくれてありがとう。私が送り迎え出来れば良かったんだけど、仕事の都合で難しくて。さぁ、上がって」

出迎えてくれた、素敵なマダム。鈴によく似て、とても綺麗《きれい》な人だ。しかし。

「……お母様、素敵なスカートですね」

「あら、ありがとう。お気に入りなの。鈴もこういうの着ればって言うんだけど、嫌がるのよ」

お母様は上品なブラウスと、裾にフリルのついたロングスカートを穿いていた。大人びたお嬢様って感じ。

「鈴さんもそういう服も似合うと思うんですけど」

「聞かないのよねぇ。頑固なんだから。子供の頃もねぇ」

鈴は慌てて手を伸ばし、お母様の口をふさいだ。

「お母さん！　いいから早く上がってもらわないと！」

恥ずかしがっているみたいだ。子供の頃の話、興味あるんだけどな。

手を離されたお母様は、ニコニコしながら俺を招いた。

「そうね。こんな所で立ち話も良くないわね。さぁ、中へ行きましょう」

「いえそんな、こちらも交通費まで頂いてましたし。ご迷惑になりますから」

「遠慮しないで！」

押しが強いのも鈴と同じだな。二人して俺をリビングへ押し通す。

ご丁寧にソファの上に座らさせられ、紅茶とケーキを出された。きっと毒が入ってるんだろうな。

さすがに逃げ道がなくて、恐る恐る口にする。

……やっぱりうまい。というか。

「これ鈴が作ったやつ……？」

「あっ、気づいた？　そう、今度は本当に愛情しか入れてないから！」

前回は睡眠薬を入れたと自白してるけど、気づいてないんだろうな。

鈴の母親が興味津々といった様子で俺の事を見てくる。殺意の目ではなさそうだけど、なんだか緊張する。

「ところで、どうして二人は付き合い始めたの？」

彼女が俺を殺そうとして、とは言えないなぁ。

俺が何かを言う前に、鈴の方が先に口を開いた。

「えっと……私の、一目惚《ひとめぼ》れ」

……そういやそんな設定だったな！

照れながら言った彼女は大変可愛らしかった。お母様がいなかったらきっと押し倒していた。

「まぁ、やるじゃない鈴！」

「お母さんってば！　からかわないで！」

親子仲も良好なようだ。前世での家庭は俺が壊してしまったからな、幸せになれたようで良かった。

「もう、これじゃあ落ち着いて話せないよ。真緒、食べたら私の部屋行こう」

彼女の部屋に招かれただと……そうか。お母さんという存在で油断させておいて、一人で殺す気なのか。

とりあえず話は聞こうと思って、鈴の部屋へとお邪魔する。決して下心に屈したとか、そういうのではない。ほんとに。嘘じゃない。

彼女の部屋に入った瞬間、机の上のあるものが目に入ってしまった。ちょっと待って、あれって……。

俺の目線に気づいた彼女が、とても嬉しそうに笑った。

「それ、小物入れにしてるんだ」

じゃあやっぱり、同じものを持っていたとかじゃなくて、俺がホワイトデーにあげたウィッチールンルンの缶なのか。

困った、すごく嬉しい。俺があげた、何てことのない缶を大事にしてくれているなんて。

「主にガチャガチャで出た猫のマスコットとかが入ってたりする。実を言うとな、本当は私、猫が好きなんだ！」

「存じておりますが……」

「えっ、嘘、何で！」

「だってLEINのアイコン猫だし、おとといだって一緒に帰ってる時、一緒に猫可愛がったじゃん」

「そ、そうだったんだ。前に猫好きじゃないとか言っちゃったから、猫嫌いだと思われてるんじゃないかと心配だったんだ」

もっと他の事を心配してほしい。

鈴はその後、猫の良さを一生懸命語っていた。けど俺は缶の事が嬉しすぎて、あんまり頭に入って来なかった。ごめん。

課題やら他の友達との用があるとかで慌ただしく時が過ぎて。

お互いが落ち着いた頃には、ゴールデンウイークになっていた。

五月五日。どこかへ行くにもきっと混んでるだろうからと、彼女を寮に招く。

「猫を仲間にするゲームを作った。これなら鈴にも遊ばせてあげられる」

「えっ⁉　ゲームを作るってだけでもすごいのに、かわいいなんて。真緒すごいな、天才だ！」

俺の身の潔白のために作っただけなんだけど、思いのほか好感度が上がった気がする。

猫すごい。

ノートパソコンを折り畳みの机の上に移動させて、二人で横並びに座る。

最近はこの距離感に慣れつつある。彼女も嫌そうな素振りを見せない。

俺はデスクトップの一番下にあるファイルマークを指さした。

「このフォルダは絶対に触らないで」

「何で？」

いかがわしいものが入っているので……とは言えない。

「消えたらマズいんだ。世界が滅ぶかもしれない」

「そっか。分かった」

さすがに世界が消えたらマズいと分かっているらしい。良かった。

しばらくの間、ゲームを楽しむ。

第三ステージをクリアした所で、鈴は自分のスマホの画面を見せてきた。

「あっ、そうだ。この間も猫撮ったんだ」

画面には猫を抱きしめた女子高生が写っている。その子も鈴と同じ、黒アゲハの制服を着ていた。

「友達？」

「うん、奈々だよ」

あのいじめの映画を鈴と一緒に観《み》に行く予定だった子か。鈴の話の中でも、ちょいちょい名前が出てくる。

「仲良いんだね」

「うん。奈々は昔から、私の事を助けてくれた。ちょっと心配し過ぎな所もあるけど、感謝してるんだ」

「幼馴染《おさななじみ》なんだ。子供の頃の鈴を知ってるなんて、少し羨ましいかもな」

鈴は少しうつむいて、紺色のワンピースの裾を握り締めた。

「……私ね、幼稚園の頃は周りに馴染めなかったんだ。うまく言えないんだけど、ちょっと他の子と違う感じがして。今まで当たり前だった事がおかしいって言われたり、良かれと思ってやった事が、実はやっちゃいけない事だったりさ」

あぁ、なんとなく分かる。

鈴が俺と同じなら、赤ん坊の頃から前世の記憶があったはずだから。

今まで住んでいた世界とは違う世界で、突然、別人として生きなくちゃならなくて。

俺も親に反発しまくってたから、馴染んでなかったと言えば馴染んでなかった。

鈴は話を続ける。

「そんな中、事故にあったの。飲酒運転していた車に轢《ひ》かれて、右足骨折しちゃった。幸い、歩けるようにもなったし他に怪我《けが》もなかったんだけど……それが決定打になっちゃって、外に出るのが怖くなった」

……いくらなんでも、俺を油断させるための作り話とかじゃあないよな。

前に俺が車に轢かれそうになった時、痛いんだからと言っていたのは。

想像じゃなくて実体験だったんだ。

「……今は？　怖くない？」

「うん。でも、しばらくは引きこもってた。外の世界は怖いって、ずっと泣いてた。小学校の四年くらいまで。お母さんたちにも、ずいぶん迷惑かけちゃった」

「しょうがないよ、そんな事があったんじゃ」

いくら勇者だったからって、所詮は人間だ。怖いものは怖いだろう。

他の世界から生まれ変わったのではない普通の人間だって、周りと馴染めなかったり怖い想《おも》いをして引きこもっちゃった人はいるだろうし。

「でもね、奈々が来てくれたの。学校で私の事を知った奈々が、家まで来てくれて。一緒に学校まで行けるよう、手伝ってくれたんだ」

「良い友達じゃん」

「うん。この間真緒に送ってもらってた時も、本当は奈々が送り迎えするって言ってくれてたんだけど。奈々の家って真緒の家より遠いから。さすがに悪くて」

「なるほど、俺は棚からぼた餅だった訳か」

あれ？　もしかして本当に俺を殺す計画じゃなかった？

鈴は顔を上げて、ニッと笑った。

「だからね、私も奈々みたいになりたいんだ。困ってる人は助けたいし、悪い人から皆を守れるようになりたい。まぁ、引きこもってた期間が長かったせいか、ちょっと空回りしちゃう時もあるんだけど」

そうか。彼女は前世が勇者だからってだけで魔王を倒したいんじゃなくて。

悪い奴から皆を守れるようになりたくて言ってるんだ。

なんか……妬《や》ける。

鈴の肩に頭を乗せて、寄り掛かってみる。嫌がられてはいないっぽいので、そのままの体勢で呟《つぶや》いた。

「俺も奈々さんみたいになりたいな。奈々さんくらい、鈴に信頼されるようになりたい」

「ふふ、変な事言って」

鈴は鈴で、俺の頭に寄り掛かって来た。

なんでだろう、俺を倒したがっている割には全然攻撃してこない。

殺されても仕方がない。そう思って彼女の心を読まなくなってから、早五ヵ月が経《た》ってしまった。

七月十四日。

リズム先輩が平たい箱を持って、俺の前に現れた。

「これ勇者にプレゼントするやつな」

ちょっと、ここ授業が終わったばかりの教室なんですけど！

「先輩、周りに人いるから。発言に気を付けて」

「大丈夫だ。ゲームの話って事にするから」

それで通用……しそうだな。ましてや発言者がリズム先輩だし。でも俺も同類だと思われたくもないな。

「俺は発言に気をつけながら喋《しゃべ》りますからね」

「どうでもいい。早く受け取れ」

「あと先輩、残ってたレポート用紙も返してくれると嬉しいんですけど」

「どっか行った」

やっぱりか。正直そんな気はしていたし、ほぼ諦めていた。

先輩の持っていた箱を受け取る。そんなに重くはない。

「で、この箱何ですか」

「勇者に着せるワンピースに決まってるじゃないか。あたしがデザインして、服飾コースの子が作ったやつ」

ついに出来たのか！

そう思うと、このシンプルな白い箱も愛おしく感じてくる。

「ありがとうございます」

「本当はもっと早く渡したかったんだけど、作る子も忙しくてなかなかねぇ。作り始めたら作り始めたで、あたしもこだわり始めちゃって。魔法が使えたら、五秒で終わらせたんだけど」

「作ってもらったのに文句なんて言わないですよ。あとは気に入ってくれればいいんですけど」

リズム先輩は白い箱を見つめながら、綺麗に笑った。

「きっと気に入るよ。それに彼女は、女の子だからさ。これを着てもいいんだ」

その口調も優しかった。鈴と付き合ってなかったら、うっかり惚《ほ》れたかもしれない。

「着たかったら君も着ても良いんだぞ。今の時代男の子がスカートを穿いても何ら問題はない。サイズは合わないかもしれないけど」

台無しだった。

「遠慮します」

「そうか。まぁそれはどうだっていいんだ。とにかく、絶対着せろ。もし勇者が着ないって言ったら、あたしに言え。無理やりにでも着せてやる」

「言いたくないんで、俺が着せられるよう頑張ります」

「うーん、まぁいいだろう。あれから何か進展あったか？」

「それが……」

俺は今までの事を全て説明した。彼女が料理を作ってくれた事も、彼女の家に行った事も。きっと惚気《のろけ》にしか聞こえなかったんだろう。時々相槌《あいづち》のように、舌打ちを挟まれた。

教室内にいた男達からも舌打ちが聞こえてきた。

「と、いう感じでなかなかハッピーでした」

「やっぱりワンピース渡すのやめようかな」

「それとこれとは別問題なので」

もう絶対に返さない。俺は優しく箱を抱きしめた。

「ところで、一つ疑問なんだが」

「はい？」

「君が魔王だって事は明かさないのか？」

「考えはしたんですけど……明かしたらその場で殺されそうな気がしません？」

リズム先輩は首を傾《かし》げていた。何かおかしい事言った？

「それを考えたの、いつ？」

「彼女の心を最初に読んだ時ですけど……あ、勿論、ワンピース作るよう頼んでからは読んでないですからね！」

これは本当。胸を張って言えた。

リズム先輩は何故か微妙な顔をしている。

「だったら……ワンチャンあるかもだぞ？」

「ワンチャン？」

「ま、君がやりたいようにやればいいさ」

よく分からん助言をして、先輩は去ってしまった。

おっと、そんな事より。早く彼女にこれを渡さないと。

放課後。鈴に会えないかとLEINした所、すぐ行くとの返事がきた。

今日は俺達が最初に出会ったコーヒーショップで待ち合わせる事にする。ワンピースの入った箱はリュックサックに入れて持って行った。

外が少し暑いせいか、店内は少し強めの冷房がつけられている。前より早い時間だからかな、お客さんも少し多い。

前回は隣り合わせだったが、今回はテーブル席に向かい合って座った。殺すには少し距離がある気がする。

俺の前には注文したホットコーヒーが置かれた。

鈴は不思議そうにコーヒーの表面を見つめていた。

「暑いのに、ほんとにホットで良かったの？」

「だって店の中寒いし……」

冷房の風によって、湯気とコーヒーの強い香りが勢いよく俺にぶつかってくる。むしろそれがちょうどいい。

「寒がりだよね。私はどちらかというと暑いのがダメ。この冷たいミルクティーが、とてもおいしく感じる」

うーん……やっぱり考え方や感じ方が合わない所はあるんだよな。

でも魔王の時みたいに、合わないから倒そうという感情は一切なくて。むしろお互いの違いに、面白さを感じている。

こう思えるようになったのは、俺も人間になったからなのかな。

鈴はロイヤルミルクティーを飲みつつも、メニュー表に載っている期間限定ミルフィーユパフェが気になるのかチラチラと目線を向けている。勿論、今日も彼女はワンピースだ。色はこげ茶。生足に涼し気なサンダルを履いている。素晴らしい。

いや喜んでる場合じゃない。

「そうだ真緒。前に一緒に観た映画あったでしょ？　奈々から聞いたんだけど、あれ続編が作られるらしいんだ。前作を観てなくても分かる作りになってるんだって。正直前作の内容覚えてないけど、そこそこ話題らしいし。一緒に観に行く？」

殺してくれないどころか次のデートの約束までしようとしてきている。再び暗闇で攻撃作戦を考えているのだろうか。とりあえず話を合わせておこう。

「……あのいじめの映画だよね？　そんな続編作られるほど人気だったのかな」

「分かんないけど、ジャンルとしてはホラー映画らしいね。いじめられっ子が悪霊になってしまったらしい。可哀《かわい》そうに」

それ復讐《ふくしゅう》劇じゃないか？　だとしたら前作より面白そうではあるが。

「鈴はそういう、いじめとかどう思うんだ？」

「うん？　普通に悪い事はよくないと思うな。でも映画とかフィクションに怒るほどではないよ。好き好んで観る事はないけどね、そういう作品があっても良いとは思う。ほら、人の振り見て我が振り直せとも言うでしょ」

「そうかぁ……じゃあ観に行くかぁ……」

今の俺こそ直さないといけない所がいっぱいあるからな。

彼女は俺の顔を覗《のぞ》き込《こ》んで、様子を窺ってきた。

「乗り気じゃない？　実は行きたくないとか」

「そうでもない、けど、デートで観るもんかなぁっていう気持ちもある」

「あぁ……そっか！　これデートになるのか！」

「えっ、デートじゃないのか」

「いや、デートだ……そうかぁ、デートかぁ」

少し頰を赤らめている鈴は可愛らしいけど、つまりは今までのもの全てデートだと認識してなかったという事だろうか。ＬＥＩＮでデートしようとか言ってきたことなかった？　また俺を殺す事で頭いっぱいだったのかな。だとしたら。

「……今もデート中だぞ？」

「なっ、なんだって⁉」

やっぱり分かってなかったのか。本当に今まで意識してなかったんだな。それはそれで悲しいんだが。

「逆に何だと思ってたんだ」

「普通に一緒に遊んでるものだと」

「間違ってはないけど、一応恋人な訳だし。遊びに行くのも全部デートになるんじゃないですかね」

「ほー……困ったなぁ？」

「何が困るんだ？」

「真緒の事好きになっちゃいそうで困る……」

「……はい？」

口の中に何も入れてなくて良かった。何か飲み食いしてたら確実に垂れ流していた。

鈴は頬を赤くしたまま、両手の人差し指をくっつけたり離したりしている。

「だってデートだなんて言われたら意識しちゃうじゃん。真緒の事はまぁ普通に好きではあるが、これ以上好きになったら困る」

「待ってくれ。え？　鈴、俺の事好きなのか？」

「好きだぞ？」

「今すぐ抱きしめても？」

「それはダメだ。こんなお外で、恥ずかしくなる！」

お外じゃなければ良いんですかね？

「じゃあ手は？」

俺は彼女の前に右手を差し出した。

「ん」

スッと手を握ってきた鈴。しかも両手で。

嬉しい、すごく嬉しい。

だが待ってくれ。

お前はいつ俺の事を好きになったんだ……⁉

どのタイミングで好感度が上がったのか一切分からない。そりゃ上げるために付き合い続けた訳だけど、こう、漫画とかだとあるじゃん。試合で活躍したとか、ヒロインが助けられたとか、分かりやすいタイミングがさ。

俺は別に鈴の前で試合とかしてないし。不審者に出くわさないよう一緒に歩きはしたけど、助けてないし。あっ、猫？　この間の猫のゲームか？　ダメだ、何も分からん。

鈴の体がソワソワし始めた。手を繋《つな》いでいるせいで、その動きが振動となって伝わって来る。

「こうやって手を握るのも、別に嫌とかじゃないんだけどさ。なんかこう、いかにも恋人って感じがして照れちゃうなー……」

なんか可愛い事言ってる！

落ち着け、これ以上何かをする訳にはいかない。彼女の嫌がる事はしないって決めたんだから。

「嬉しいけどさ、そんな事を言われたら俺も照れるというか」

「そ、そっか……」

「でも、そんなに好かれていたとは思わなかった、なー……」

「いや、好きだよ。好きなんだけど、さ……」

そこまで言って、彼女は何かを言うのを躊躇《ためら》い始めた。

「……好きなんだけど、何？」

「……何でもない」

そんな訳あるか。とても悲しそうな顔をしているのに。

「言いたい事があるなら聞くよ？」

「……流石に、真緒にも言えない」

今は話せない、みたいなことを前にも聞いたな。気にはなるが、言えないって事を無理に聞き出すのも良くないのかな。

もしかして、俺を殺すかどうか躊躇い始めた？　それならそれで嬉しいが、悩ませたくもない。

彼女が悩んでいるのに、待つだけで良いのか？

俺には何も出来ないのか？

いや……どうにか出来るかもしれない方法が、あるにはある。

……少しなら彼女の心の声を読んでもいいかな。

もう読まないって決めたけど、こういう時にこそ読むべきな気がする。

普通の人間なら読めないのが当たり前なんだから、簡単に読むのなんてズルい気もするけど。

俺達はたまたま再会してしまった、元魔王と元女勇者だから。

残念ながら、普通の人間でもない。

もし鈴が俺を殺す事について考えているのなら、それは知らなかった事にして受け入れよう。

俺は久々に、彼女の心を読んだ。

『どうやって別れるかなぁ』

……別れようとしていらっしゃる⁉

今好きだって言ってたじゃないか！　くそ、どうなってるんだ。俺が心を読んでいない間に、何があってどうしてこうなった！　そしてあれだ。俺は今すごいショックを受けている。別れるくらいなら殺してくれ、その方が幸せだ。幸せを望める立場じゃないけど！

『他の人が好きになったーとか嘘つくべきかなぁ。そうすれば諦めてくれるかもしれない』

まって、嘘でも辛《つら》い。

っていうか他の人を好きになったわけでもないのに、別れたいってどういう事？

直接聞きだしたら俺が心を読める事もバレるし。

もしかしたら、俺をどう殺せば良いのかを考える事に疲れたのかも。

殺すのを諦めてくれたなら嬉しい。けど、本当は殺したいけど殺害方法が思い浮かばないから殺さないだけなら……殺させてあげた方が彼女は喜ぶのか？

いっそ殺してもおかしくない方向に持って行ってあげた方が……そうだ！

「鈴、リズム先輩って知ってる？」

「ゲームのキャラか何か？」

「いや実在する人。俺の先輩で、前世は魔法使い」

ここまで言ってしまえば、俺が鈴の正体も知っていると気づくかもしれない。あとは怒り任せに魔王を殺す流れに持っていけるだろ。

だが彼女はニコニコ笑っている。

「魔法使いかぁ。魔法が使えたら楽しそうだよね」

『魔法使い……懐かしい響きだなぁ。でも魔法使いなんて職業いっぱいいたし、私のパーティーにいた魔法使いとは別の人だろうな、さすがに』

違うんだ、その人なんだ。それすらも言ってしまおうか。

鈴は俺の手をにぎにぎし始めた。多分意味はないんだろうけど、一生そのままにしていてほしい。

『私の所の魔法使いはなー、すごく強くて頼りになったんだけどなぁ。魔王と戦った時もいてくれたら、私もきっと助かったのに……得体の分からないキノコなんて食べるから……』

ん⁉　リズム先輩が死んだのは魔族のせいじゃないのか？　キノコのせいなのか？　だとしたらそれ俺のせいじゃないな⁉

まぁリズム先輩の事はいい。

鈴は俺の顔を見ながら首を傾げた。

「で、そのリズム先輩がどうかしたの？」

怒り任せに魔王を殺す流れに持っていけなかったので、俺が突然先輩の話をし始めた感じになってしまった。

「あぁ、えっと、ほら。前にワンピースのデザイン画見せた事あったろ？　そのデザイナーだ」

「そうかー。私は着られないけど、とても素敵なデザインだったたって言っておいて」

やっぱり、まだ呪いは解けてないのか。

でも、そこで止まったら先には進めない。俺は泣く泣く彼女の手を離して、足元に置いていたリュックサックの中から箱を取り出す。

「いや、既に実物がここにある」

「……えっ！」

「どうしても鈴にワンピースを着せたくて、作ってもらいました。前にスリーサイズを聞いたのは、そのためだったりする」

「……えっ？」

彼女の表情が固まった。

俺も言ってから気づいた。

なんか変態っぽくない……？

鈴がぎこちなく動き始めた。

「た、確かに私はワンピースが好きだ。でもそんな、勝手に作られても困る。人間はお人形じゃないんだぞ」

ごもっともなご意見だ、どうもありがとう。

「いや違う、ちょっと訂正。別に着せて脱がせてキャッキャしたい訳じゃないし、目の前で着替えろとかでもなくて」

「じゃあ何だって言うんだ。人の気持ちを利用して遊ぶ気なら、いくら真緒でもただじゃおかない！」

「そもそも誰でもいいって訳じゃなくて、鈴にだけ着せたいって言うか」

「私を笑いものにしようというのか！」

　自分で言ってて悲しくなったのか、鈴は少し泣きそうな顔をしていた。感情が高ぶってるのか、喋っている口調も勇者の時っぽくなっている。

『笑われなくったって分かってる、私には女の子らしいものも可愛いものも似合わないけど、それをわざわざ知らしめなくても良いじゃないか！』

　なるほど、そうくるか。

　まずはその勘違いを解かないとだな。

「笑いものにしたい訳じゃなくて、ただ見たいだけなんだよ。鈴がさ、普通に女の子として過ごしてる所がさ」

「見て何になるって言うんだ」

「嬉しくなるだけかな。あーかわいいなーって思いたいだけっていう、自己満足でしかないんだけど」

「そんな。私に可愛さを求めるなんて」

あれ？　もしかして自分が可愛いって自覚ない？

「それさ、誰かに言われたの？　似合わないとか、着たらいけないとか」

「い、言われた訳じゃないけど……」

「だったら」

俺は箱を開けて、中のワンピースを広げてみた。淡いピンク色の、ふんわりワンピース。リズム先輩が描いた通り、花の絵がプリントされている。

広げたワンピースを彼女に持たせて、着ているように錯覚させる。

「大丈夫、可愛い、似合ってる。オーケー？」

長々と説明すると混乱するだろうから、要点だけ伝えてみた。

『お世辞だろうな。でも……それでも、嬉しい』

お世辞なんかじゃない。本当に似合っている。出来る事なら、本当に着て見せてほしいところだ。

「無理やりだね。でも、ありがと」

気のせいでなければ、鈴は困った顔をしながら、でもどこか嬉しそうに答えた。

言い続ければ、いつかは伝わるだろうか。

「無理に着ろとは言えないけど、とりあえず受け取るだけ受け取ってもらえると嬉しい」

「……部屋に飾るのでもいい？」

「多分鈴の部屋でそのワンピースを見る度に、着てほしいって言うだろうけど。それでも良ければ、好きにするといいよ」

そんなすぐ変われって言っても、難しいだろうし。今は受け取ってもらえるだけでいいや。

鈴はワンピースをギュッと握りしめ、嬉しそうな顔をしている。やっぱり、好きは好きなんだろうな。

「ありがとう、大切にする。デザイナーさんにもお礼を言っておいて」

「分かった。伝えとく」

「うん。私も会えたら直接お礼を言いたいな」

あんまりリズム先輩と会わせたくはないなぁ。取られるかもしれないし。

ワンピースを膝上に置いた鈴は、何故か突然、真剣な顔つきになった。

『そのためにも、早く魔王を見つけなきゃ』

……ん？

『平和な世界を守るためにも、このまま野放しにしておく訳にはいかない。待ってろ魔王！　必ず見つけ出して、息の根を止めてやる！』

えっ？　ちょっと待って？　まさかとは思うけど……俺の事、魔王じゃないって思って

る⁉

『真緒とも早く別れなきゃなぁ。これ以上巻き込む訳にもいかないし。最初に真緒を魔王だと思ったのって、本物の魔王が近くにいたとかだったのかなぁ。危うく真緒を殺す所だった』

あっ、まさかじゃなさそう。本当にそう思ってるっぽい！

『真緒はちゃんと謝れるしお礼も言える、悪い奴じゃないからな。私の事も可愛いなんて言ってくれる、むしろ良い奴だ。殺さなくて良かった』

俺の事を悪い奴じゃないと思ってくれていたのは嬉しい。もしかしてだがワンピースのデザイン画を見せた日に突然電話を切ったのも、バレンタインの時に微妙な顔になったのも。全て礼を言ったから、悪い奴じゃないと判断されてしまったのだろうか。お礼言うのなんて人間として最低限じゃないの？

『しかし本物の魔王はどこにいるんだろう？　真緒の近くにいた人って事は……まさかこのお店の店員さん？　それとも、お客さんか？』

これはマズい。俺が殺されるだけなら受け入れるけど、俺以外の人を魔王だと判断して殺すのはかなりマズい。そんなの誰も幸せにならないじゃん。

『ううん。やっぱり一番怪しいのは立花さんって人かな！　真緒とよく一緒にいるみたいだし！』

……立花が危ない！

「鈴、あのさっ！」

彼女と友達を一度に失う可能性があると思ったら、怖くて仕方なくて。

大きな声を出してしまった。鈴だけでなく、周りのお客さんも俺を見ていた。

「どうした？」

「あぁ、いや……」

自分の頭の中で、魔王の声が聞こえて来た。自問自答のようなものだけど。

――これは好機だ。このまま勘違いさせておけば命は助かる。

バカを言うな。それだと彼女は、意味もなく罪を犯してしまう。

――言わなきゃ分からないだろう？　それこそ、一生黙っておけばバレやしないさ。

だから黙って逃げ延びろってか。冗談じゃない。今のままじゃダメなんだ。俺はこのままでいたくない。

俺はもう、平気で人を傷つける魔王じゃないんだ！

その感情を拳にして、思いっきり右の太ももを殴った。角度的に彼女からは見えてないだろうから、あとは顔に出さないよう気をつける。

痛みのおかげか奴の声は聞こえなくなったが、太ももにはじんわりと痛みが残る。

でもまだだ、ここで止まっちゃダメなんだ。それだと何も始まらない。

「鈴……この後俺の部屋来ないか」

真剣な顔つきで言ったからか、鈴は目を丸くしている。

「えっ⁉」

「いや、来て欲しい。来てくれ。頼むから」

「きょ、今日？」

「うん。出来れば早い方がいい」

「そうか……そうか……分かっ、た。うん、行く……」

頬を赤らめた鈴。可愛らしいが、魔王相手にしていい顔じゃない。

『もしかしてだけど、この雰囲気。これってやっぱり、だ、抱かれに行くって事だよな。正直まだ私達には早いんじゃないかな。でも、まぁ、私が魔王を殺したら、きっとそういう事は体験出来ないだろうし。怖くはあるが興味がない訳でもない。それにやっぱり、真緒の事は嫌いじゃないし……うん。真緒になら、いいかな。あぁでもっ、今日の下着ってちょっと子供っぽいのだった気がするんだけど良いのかな⁉』

そのセリフはもっと前に聞きたかった。下着の事は聞かなかった事にしてあげよう。

でも本当に抱く訳にはいかない。抱いてしまっても、快楽を得るのはその一瞬だけ。その後はきっと、一生後悔する。

彼女と過ごした時間は、本当に楽しかった。彼女が笑って嬉しそうにしていれば、俺も笑ったし嬉しくなった。

「じゃあ、もう行こっか」

残っていたコーヒーを飲み干す。はは、もう冷めてら。嫌がらせかと思う程、苦い味がただただ舌に残る。彼女も同じようにロイヤルミルクティーを飲み干したようだ。

空っぽになったコーヒーカップが、机の上に寂しく残る。

俺達は席を離れ、手を繋いで寮のある方へと向かう。まるで本当に恋人みたいだ。

もし俺が元魔王じゃなかったら。人を傷つけていなかったら。

本当の恋人になれたかな。


「まずはお茶淹れるから、座ってて」

「う、うん」

俺の部屋に入った鈴は、カーペットの上に座る。

明らかにソワソワしているようだ。そんなに緊張しなくていい。そういった事にはどうせならないんだから。

俺はショッピングモールで買った、彼女の苦手なハーブティーを淹れて折り畳み机の上に出した。

目の前に出されたお茶に、彼女は困惑していた。俺は彼女の正面に座ったものだから、その表情がよく見える。

ごめんね。

俺はわざとらしい笑みを作って、彼女の心を読むのを止めた。

「……なぁ勇者、お前は一体いつになったら俺を殺すんだ？」

鈴は大きく目を見開き、驚いた様子だった。対して俺は冷静に、魔王の口調で喋り続けた。

「俺はお前と違って、心を読む能力が残ってたからな。お前が俺を殺したいと思ってるのは知っていた。前世とは言え、俺はお前に負けた身だからな。ならばと思って殺される気でいたが、待てど暮らせど変わらない日々。さすがに飽きた。早くしろ」

「なん……っ」

上手《うま》く言葉が出てこないようだ。魔王の正体が俺だったからなのか、怒りのあまりなのかは分からないけど。

「刃物が必要なら部屋の至る所に置いてある。包丁でもハサミでも、好きなものを使え」

「……騙《だま》していたのか」

その声は震えていた。きっと精一杯振り絞って出した声だろう。ならば俺も、精一杯気持ちを込めて答えようじゃないか。

「騙してはない。黙っていただけだ。ただ悪意があって黙っていた訳じゃない。前世ではお前を含めて、人を傷つけていたからな。その事の反省もしていた。だからこそ、お前の望みが俺を殺す事ならと思っていたんだがな」

「……あぁ、殺そうと思っていた。お前がこの世界でも悪い事を企《たくら》んでいるなら、止めないとと思っていた。私が殺したかったのは、悪い事をしようとした魔王なんだ。でもお前……っ、真緒だったじゃないか！」

鈴は涙をこぼしていた。

あぁ、そうか。下手に好感度を上げていたせいで、黒主《くろぬし》真緒の事は魔王から守る存在になっていたみたいだ。リズム先輩が言ってた「今なら」ってのは、そういう事か。

俺は思わず、うつむいた。おかしいな、呼吸は出来ているはずなんだけど。

どうしようもなく、苦しい。

「そうだよな。結果としては騙していた事になるよな。普通の人間になったからって、前世は魔王のままなのに」

「……違うっ！」

「違くないだろ。どんなに良く見せようとしても、過去は消えないし、消せない」

「でも真緒は、魔王は、もう悪い事をしてなかったんだろう？　なのにっ……。これじゃあ勇者失格だ！　私の方が悪い奴だった！」

……何で鈴が悪い奴になるんだ？

だって鈴は、人のために魔王を倒そうとしていただけじゃないか。

前の世界でも、今の世界でも。

悪い奴から人々を守ろうとしていただけじゃないか。

「鈴、どうして……」

勢いよく立ち上がった彼女は、涙をいっぱい溢《あふ》れさせた目で俺を見つめた。

「……信じなくて、ごめん……っ」

そう言われて、はっとした。

彼女はずっと、魔王の事を疑っていた。この世界でも悪い事をするんだって決めつけて、信じていなかった。

でも俺がもう魔王じゃなくて、黒主真緒になっていたから。黒主真緒として、彼女と過ごしてきたから。鈴に好かれるように、普通の男女になろうとしていたから。

自分でも意図しないうちに、魔王が悪い事をしない証明をしていたみたいだ。

ふと、勇者の最期を思い出した。僧侶の言葉を信じて、魔王は信じてもらえなかった。

その時の事も謝ってもらっている気分になった。

……今度は信じてくれるんだ。

彼女がそこまで考えているとは思えないけど、なんとなく嬉しくて。

気づいたら体が動いていた。

俺は彼女を抱きしめて、目じりに涙を浮かべた。

「俺の方も悪かった」

短く、でも全ての想いを込めて、俺も謝った。

「違う、真緒はちゃんと反省してた、それなのに私は、決めつけて……っ」

彼女は俺の胸元に顔をうずめて、シャツを摑んで泣いている。

「それは仕方ない。かつての俺が、信じてもらえないような事をしてたんだから」

「仕方なくなんてない、だって、心まで読めていたんじゃ、ずっと真緒を傷つけていた！」

殺そうとしていた事がバレていた、と分かったらしい。

俺的には殺されそうで困ってはいたけど、怒ってはなかったし。

「まぁ、悲しい時もあったけど。俺としては、その辺の事も前世の事も、もういいから。

鈴が許してくれるなら、今はそれでいい」

「でもっ……」

「じゃあさ……もう一度やり直そう。約束しただろ？　まぁ、別の世界にはなっちゃったけど。それでも許されるなら」

鈴は静かに頷《うなず》いた。何度も何度も、ゆっくりと。
予定外だ。俺はただ、彼女を笑顔にしたかったのに。結局泣かせてしまった。
けど今は……このままでいいや。

その六　魔王と女勇者が生まれ変わって、恋人になるため。

ある平日の昼休み。俺と立花《たちばな》は二人そろって学校の中庭に突っ立っていた。

「じゃあ仲直りしたんだ」

「あぁ。土下座まではしてないけど、ちゃんと謝って、話し合った。結局は立花のド正論が正解だった訳だ」

俺は魔王だとかその辺は省いて、彼女と話し合えたとだけ立花に伝えた。

「そうだろうね。正直さぁ、僕もいじめとまではいかなくともバカにされたりする事もあってさ。彼女の気持ちも少しは分かるんだよね。いじめてきた奴《やつ》なんかもう二度と会いたくないって人がほとんどだろうけど、会っちゃったんなら、スルーされるよりかは謝ってくれた方が嬉《うれ》しいもん」

「そうか……」

「でもさ、黒主《くろぬし》はまだ良《い》いよ。悪い事したなって、気づけたんだから。世の中悪い事をしているのに、反省しない人とか、そもそも悪い事をしたって気づけてない人っていっぱいいるから」

「いや、俺も気づけてなかったんだよ。気づかせてくれたのは彼女だ」

立花はまるで自分の事のように嬉しそうに笑った。

「じゃあ大事にしないとね」

「うん」

「さて、真面目な話はこれでおしまい。ところで、彼女は黒主に復讐《ふくしゅう》するために付き合い始めたんでしょ。別れるの？」

「それは……どうなんだろう？　俺としてはこのまま付き合っていきたいんだけど」

嫌われてはいないだろうけど、このまま付き合ってやるとは言われてない。別れていないという事で良いんだろうか？

あの日はそのまま、すぐ帰しちゃったし。今後の付き合い方とかも話し合ってない。

「素直にそう言ってみてもいいんじゃないかな。ところで、彼女のどこがそんなに好きなの？」

「好きな所……？」

「え、だって好きじゃないと別れたくないとかならなくない？」

それもそうか。

実のところ、彼女に告白されたから付き合っただけで。見た目がいいなとは思っていたものの、特別好きだとは思っていなかった。けど今は……。

「……とりあえず、今後も傍《そば》にいてほしい」

立花は目を丸くさせて驚いている。

「すごい、厨二病《ちゅうにびょう》を患ってた黒主とは思えない言葉だ！」

「厨二病じゃない。魔王だっただけだ」

「それを厨二病って言うんだよ黒主。仮に本当に魔王だったとしても、それはそれで勇者に対してそんな事言うなんて前代未聞だよ」

本当に魔王だったんだけどな。そしてその通りでしかないんだけどな。

けどこれ以上言ったとしても、現実味は全くない。やっぱり立花にこんな話をするのはもう止めよう。

スマホを取り出した立花は、画面に表示された時計を確かめた。

「ん、もう休み時間終わるね。そろそろ戻ろ」

「そうだな……立花」

「ん？」

「……ありがとな」

「どーいたしましてー」

戻り際、廊下で紙とペンを持ったリズム先輩とすれ違う。なんかフラフラしてるな。

「リズム先輩、大丈夫ですか？」

「あぁ、ブラックマスター。ちょっとネタ切れでな……そうだ、君をモデルにすればいいんだ」

「何の話ですか」

「いや、企画学科のバカにキャラデザ百五十人分考えてくれとか言われて」

「うわキツ。そりゃモデルにしてもらえるなら光栄ですけど、デザインだけなら一応設定は決まってるんでしょ？　どんなキャラのモデルにするんです？」

「桃太郎だよ」

「やめといた方が良いんじゃないでしょうか」

人の話を聞かないのはいつもの事。リズム先輩は持っていた紙に俺の似顔絵を描き始める。よく見ればその紙、俺のレポート用紙じゃない？　もう新しいの買っちゃったから、別にいいけどさ。

「顔が良い方が描いてて楽しい」

リズム先輩に、ちょっとだけ笑顔が戻った。本当に絵ぇ描くの好きなんだな。

「そりゃ悪い気はしませんけど、俺ですよ？」

「大丈夫だって、魔王が人間になったくらいだ。本当は桃太郎の話だって鬼が封じられた生き物だったかもしれないだろ」

「そんなバカな」

「それより幸せそーな顔してるな？　まさか彼女と何かあったんじゃ」

笑顔だったのは先輩だけじゃなかったらしい。

「えぇ、まぁ、一応、ある意味告白成功と言いますか……」

「そうか。殺されずに済んだか」

「そういう事です。よくよく考えてみると、リズム先輩のワンピースのお陰なんですよね」

「天才的な先輩様が近くにいて良かったな」

「うーん、まぁ、そうですねぇ……」

「何でそんなに歯切れが悪いんだよ」

自覚がないのが困った所だ。

「残念ながら、それでうまくいってしまったみたいなので。今後、彼女を先輩に譲る事はないと思います」

「大丈夫。あたし、君より彼女をキュンキュンさせる自信あるから」

「嫌な自信ですね……負けませんよ」

「どうだかな」

鼻で笑われた……あ、そうだ。

周囲を見渡し、人が少ない事を確認した俺は小声で問う。

「ところでリズム先輩、毒キノコ食って死んだってホントですか？」

「うん？　そうだよ。魔王城に行く前の町で珍しいキノコが生えてたから、パクーって」

「さも俺のせいで死んだように言ってませんでした？」

「君のせいで死んだなんて一言も言ってない」

そうだった、この人勝手に焼き肉奢《おご》って貰《もら》えるって決めて喜ぶ人だった。普通の考えは通用しない。

って事はだ。

「じゃあ俺が先輩のパシリになる必要ないですね」

「分かったよ。じゃあ犬な」

どんどん状況が悪化していく。この人本当に想像の斜め上を行くな。ただ先輩のは鈴《すず》と違って、全部計算なんだと思う。

「普通に嫌です。毒キノコは自然に生えたもんなんで、自業自得の先輩に奢る理由はありません」

「だって、あんなクソマズいもんで死んだなんて可哀《かわい》そうだろ？　だから今度焼き肉奢れ。パフェでもいいぞ」

理由がなくても奢らせようとしてるのか。社長令嬢のくせに……まぁいいか。

「後輩として飴玉《あめだま》一個くらいならあげてもいいです」

「冷たい奴だ。せめて棒付きキャンディーにしろ。君の彼女と一緒に舐《な》める」

「何でそんな酷《ひど》い事を？」

「冗談だ。ただ……あの子の事、幸せにしなかったら許さないからな。これだけは本当」

「……はい。それじゃ」

素直に返事をして、教室へと戻る。言うと調子に乗りそうだから言わないけど、俺は先輩の幸せも願ってますよ。


その日の放課後、鈴に呼び出されて駅前に集合した。彼女の服装を見て、ちょっとだけがっかりした。

「ここは普通、俺があげたワンピースを着てくる展開じゃない？」

彼女はいつもと同じような、シンプルな紺色のワンピース姿だった。

「あれを着る勇気はまだない。これはこれで気に入ってるんだけど、変？」

「変ではない。むしろあり」

「なら良かった。じゃあ、はいこれ」

俺は彼女からゴミ袋を渡される。

「何これ？」

「ゴミ拾いの道具だ。前世とはいえ、お前も私も多くの人を傷つけた。その償いとして、少しでも良い行いをしよう」

俺の罪はゴミ拾い如《ごと》きで償いきれるのか？　とは思うけど、ここは話を合わせておこう。

「そうか……まぁ、ゴミ拾いなら世のためにもなるしな」

「うん。ゴミ拾いの他にも、人を助けたとか色々言えるようになるといいな。あとは真緒《まお》が言う通り、向こうの世界で傷つけた人やその家族が生まれ変わっていたとしたら、その人達《ひとたち》には直接謝ろう」

彼女の提案に、俺は頷《うなず》いて返事をした。

俺は向こうの世界で死んだ人が、今後こっちで生まれ変わるかもしれないという説だけ鈴に伝えていた。生まれ変わった人達がどこにいるのかは分からないけど、もしまだ恨まれているなら俺も謝りたい。

ちなみに、リズム先輩についてはまだ教えていない。世の中知らない方が幸せな事だってあるんだよ。

鈴の携帯が鳴った。相変わらず魔法少女が変身しそうな、明るい音楽だ。

「あ、電話出て良い？」

「いいよ」

わざわざ確認を取るなんて、十分良い子だと思うんだけどな。

「もしもし奈々《なな》？　うん、そう。分かった、じゃあね」

電話を切った鈴は、俺に顔を向けた。何故《なぜ》そんなにも眉を下げているのだろうか。

「奈々、来るって」

「来る？」

「そう、近くにいたらしいんだ。真緒を見てみたいんだって」

「俺？　奈々さんって確か、佐川《さがわ》ライムの事好きな友達だよな」

「そう友達。好きっていうか気になるって言ってた」

「それはよく分からんが、鈴の友達が何で俺を見たいんだ？　友達の恋人がどんな奴か気になるって事？」

「あー、殺したいのかもしれない」

……さらっと何を言ってるんですかね。

「殺しって鈴じゃあるまいし。何でそんな物騒な……」

「それに関しては悪かったと思ってる。えっと、奈々には言ってなかったんだ。真緒と付き合ってる事。でもほら、誤解してたって分かったから。昨日、今までの事全部話したら……あ、来た」

鈴が向けた視線の先にいたのは、まるで人形のような少女だった。金髪にピンク色のリボンを結び、フリルとリボンの多いロリータ服を着ている。白い靴下にリボンのついたパンプスと徹底した可愛《かわい》さ。恰好《かっこう》だけなら愛らしいロリータ娘だが、彼女は鬼の形相でこちらに向かってくる。

ちょっと待て、あぁなるほど。この娘……。

勇者パーティーにいた僧侶！

「魔王め！　死ね！」

アニメっぽい声でとんでもねぇ事言いやがった。鈴と初めて会った時以上に過激。彼女の怒りがそれくらい大きいという事だ。無理はない。彼女を殺したのは確実に俺だからな。

とはいえ、俺が僧侶を殺したのは罪をなすりつけられたからだ。

鈴には仲間だった僧侶が嘘《うそ》をついたと知ったらショックを受けるかと思って伝えてないが、僧侶にそこまで責められるんなら俺だって告発しても許されると思うんだが。

「こら奈々！　人に向かって死ねなんて言うんじゃない！」

鈴が俺の事を庇《かば》ってくれた。どうしよう。今度は俺を信じてくれるんだな、と顔がニヤケそうになる。耐えろ、絶対に今じゃない。

僧侶は物凄《ものすご》い剣幕で鈴を見ていた。

「これは人じゃないからいいの！」

「真緒はもう人なんだ。あと訂正する、人でなくても生き物に死ねなんて言っちゃいけない。物も大事にしないと」

そういや鈴、殺すとは言ってたけど死ねとは言ってなかったね。

「なんでこんなのを庇うの！　鈴は奈々の事だけ考えてればいいの、魔王の事なんか庇っちゃダメなの！」

引きこもっていた鈴を外に出してくれた恩人と聞いていたから、てっきり誰とでも仲良くなれる活発タイプかと思っていた。思いっきりヤンデレ。さては鈴の恩人になるために助けたな？

鈴は首を左右に振った。

「奈々は大事な親友だが、ずっと奈々の事だけを考えるなんて難しい」

「やだやだ、本当は一緒に暮らしたいくらいなんだから。お外でも家の中でも鈴は奈々と一緒にいないとやだぁ」

僧侶は甘い声を出している。俺に対してとは大違いだ。

「一緒に暮らすのは楽しそうだけど、奈々の家は広すぎて落ち着かないから嫌だ」

広すぎるって事は、僧侶の家も金持ちなのか。リズム先輩の魔法効果で皆それなりに裕福になってたりするんかな。だとしたら、先輩にはちょっとだけ感謝する。

「じゃあ小さい家建てるから一緒に住んで！」

「わざわざ建てるなんて申し訳ないから嫌だよ」

親友のわがままに、鈴は眉を八の字に下げた。

鈴でも手を焼いているような子なのか。じゃあ俺が前世の話をしたら、もっと大変な事になるかな。それこそ人を殺しかねない気がする。

仕方ない、俺の方はもう前世の事と割り切ろう。

ただそれじゃあ彼女は納得しないだろうから。俺は深く頭を下げて、謝罪の言葉を口にする。

「その節は大変失礼いたしました。前世での行いは深く謝罪致します」

「犯罪者の謝罪なんか受け入れられるか！」

彼女の言葉がぐさりと刺さる。まぁそうだよな。普通の考えだ。しかも俺の謝罪も、白々しく聞こえてしまったかもしれない。丁寧に謝ろうと考えた結果だったんだけど。

「その上、鈴と、勇者と恋人になっただと？　ふざけるな、別れろ！　というか死ね！」

「……それとこれとは別問題というか」

「野郎ぶち殺してやる！」

まぁ僧侶がキレる気持ちも分かる。恋人同士のままっていうのもおかしな話だよな。

鈴は俺の前に立って、奈々の両肩を優しく摑《つか》んだ。

「許せ奈々。コイツは十分反省したんだ」

「何で許せるの？　このクズは鈴に酷い事をしたゴミなんだよ？　一緒にロリータ着ようって言っても着ないのも、コイツのせいでしょ？」

そうか。確かにロリータ服もお姫様のドレスっぽいもんな。憧れはあるかもしれない。

鈴は再び首を左右に振る。

「そんな事を言うな。その服は確かに可愛いが、私が着ないのは私の勝手だ。魔王のせいじゃない」

「そんな訳ない。コイツは佐川ライムと同じで汚らわしいオーラが漂ってる！」

生ライムを見た事あるのかな？　まさか気になってるって好意じゃなくて敵意って事？

鈴は俺の前から退かない。それどころか凜々《りり》しい表情で、俺の前に立ち続けた。

「そのアイドルは知らないが、魔王はちゃんと改心したんだ。それを受け止めてやらないと、私達だって悪人だ。許せない気持ちがあるからと言って、傷つける事が正義ではない」

「……何でこんな奴の味方をするの？　そっか分かった。鈴はコイツに呪われてるんだ！」

「そんな事ない。私はちゃんと正気だ」

「嘘っ！」

奈々は右手を上げて振り下ろそうとしている。え？　ちょっと待って。

俺はとっさに鈴の体を押しのけ、奈々の前に立った。

あぁ、前世とは立場が逆だな。なんて。思えたのは一瞬だった。

べちんっ、と大きな音が響いた。

「真緒！」

「だいじょぶ」

鈴は心配そうに俺の顔を覗《のぞ》き込《こ》んだ。

一方、奈々は信じられないものを見る目で俺達《おれたち》を見ている。

「魔王が勇者を庇った……？　そんなの……信じない！　信じないから！　いつか絶対本性暴いてやる！　覚えてろよ！」

そう言って、奈々は去って行った。

ほんと、僧侶だった割には口悪いな。

鈴は申し訳なさそうに、俺の頬にハンカチを当てる。

「すまない。生まれ変わってからというもの、ちょっと人間不信なんだ」

「いや、だとしたら多分俺のせいだし……」

「気にするな」

そういやリズム先輩も僧侶のことヤンデレだって言ってたな。鈴が気づいてなかっただけで、元からあんな感じだった可能性も微レ存。鈴がそのまま監禁されなくて良かった。

「でも彼女、鈴の事は好きだよね」

「それはそうかもしれない。親友だな」

「いや百合《ゆり》かもしれない」

「百合？　良い花だと思う」

「そっちじゃなくて……まぁいいか。ロリータ服も着たいなら着て良いんだよ。俺は見てみたいかな」

「んー……考えておく」

「……そっか」

鈴が本当はどう思っているのか分からない。ロリータは好みじゃないのかもしれないし、着たいけど自信がないのかもしれないし。ただそこは無理やり聞き出すのも違うだろう。彼女が言いたくなった時に聞ける存在になりたい。

「それより真緒」

「うん？」

「庇ってくれて、ありがと」

なんと皮肉な事かな。鈴は愛らしい笑顔という攻撃を俺に向かって仕掛けて来た。

「よしっ、ゴミ拾いの続きをしよう！」

鈴から凛々しさが減った。悪い意味じゃない、親しみやすさが増えたって事だ。

正直俺には、まだ気になってる事がある。聞いてしまったら傷つく可能性も高いけど、それでも知りたい。から、聞いてみよう。

心の方ではなく、声に出してもらって。

「その前に鈴、ちょっと」

「うん？」

俺は彼女の腕を引っ張って、人の少ない階段脇に連れて行く。いけない事をする訳ではない。ただ魔王として喋《しゃべ》りたかっただけだ。周囲に人がいない事を確認し、彼女と向かい合う。

「なぁ勇者」

「何だ魔王」

「前世で散々人を傷つけてきた俺が、人を好きになる事も罪か？」

「人を好きに……なる事が全て罪だとは言えない。好きすぎて相手を傷つけたら罪にはなるけど」

「なら普通に付き合う事なら」

「良いんじゃないか？　ただし人妻や既に恋人がいる人相手だと応援出来ない。さぁ、好きな人がいるなら少しでも好かれるように、ゴミ拾いをしよう。ゴミ拾いする男を嫌う女の子は多分いないと思う」

……鈴の中でもう俺達は別れたんだろうか？　そもそも付き合っている気がなかったのか。分からないけど、このまま他の人との恋を応援されたくはないな。

「そのゴミ拾いをすれば鈴は……俺の事好きになるの？」

「私……私⁉」

「そう。細見《ほそみ》鈴」

「お、お前本当に私が好きなのか？」

「まさか俺が鈴を騙《だま》すために付き合ってたと思ってる？」

「いや、そうじゃない気はしていたんだが、その……私だって前世じゃ魔族倒したりしてたし……」

そうか、可愛いだけじゃなくて、人から好かれる自信もないのか。

ならそこは、俺が頑張るしかないな。

「そう思うのも無理はない。でも今は普通に人間だしなぁ。鈴は俺を殺すために付き合ったのかもしれないけど、俺は普通に鈴を恋人として幸せにするために付き合った訳だし」

「だ、騙した感じになってしまったのは謝る。けれども、それなら魔王は最初、私の事なんて好きじゃなかったって事だろう⁉」

本当に申し訳なさそうな顔をしている。魔王相手にでも本気で謝ってるんだから根っからの良い子だ。

「そうだけど、付き合ってる間に可愛い所いろいろ見てきたし。見た目だってすごく可愛い。好きになってもおかしくないと思わないか？」

「やめろ、褒めるな、卑怯《ひきょう》だぞ！」

卑怯な手なんて使っただろうか？

「嫌な気持ちにさせたならごめん。前世での事も謝る。その上で図々《ずうずう》しいのは十分承知だけどさ。俺的にはこのまま付き合っていてほしい。それくらいには好きだ、うん」想《おも》いを口にするというのは、どうも恥ずかしいものだ。でも俺達、もう普通の人間だから。心を伝えるなら口で言うしかないんだよな。簡単なようで難しい話だ。

「ま、まさかあのワンピースを着ろというのはお世辞ではなく？」

「うん。可愛い恰好した彼女とデートしたいです」

真面目に言うのも恥ずかしいので、ちょっとふざけて右手でピースサインをしてみる。

鈴の真っ赤な顔が、ますます赤くなったような気がした。

「恐ろしい攻撃をする奴め！」

「これ攻撃じゃない……」

これ以上やると照れで壊れそうな感じがしたので、ピースサインは止めた。

「まぁ、俺の事疑ってても良いからさ、鈴は自分の好きな恰好しててよ。俺が勝手にひれ伏すから」

「そんな、私じゃなくても良いじゃないか。世の中もっと可愛い子だっていっぱいいるんだ。ひれ伏すなら、そっちにひれ伏すのでも良いじゃないか」

「いやぁ、それじゃあ意味ないんじゃない？」

「な、何故？」

「好きだからでしょ。鈴の事が」

彼女の目を見て、ストレートに伝えた。ストレートじゃないと、多分この子伝わらないから。ストレートでも伝わるか怪しい時あるから。

でも、今は一応伝わったみたいだ。

顔を赤くさせた鈴は、ワンピースの裾をギュっと握って。少しだけ、うつむく。

「本当に……ひれ伏すのか？　私が、普通の女の子みたいにしてて、笑うとか」

「あまりの可愛さにニヤニヤして、逆に俺がキモいと思われる可能性はある」

「キモいとは思わないだろうけど……」

「じゃあ、今まで通り恋人でいてもいい？」

俺の言葉を聞いて、鈴は顔をあげた。顔を赤くさせたまま混乱している。効果は抜群だったらしい。

「そうか、それは、まぁ。えっと、なら……保留！」

「……保留⁉　じゃあ一体俺達の関係は何になるんだ⁉」

「そんな難しい事を言うな！」

「そんな難しい事言ったか⁉」

「うるさいっ、それよりゴミ拾いに行くぞ！　今はそちらを優先すべきだ！」

鈴は恥ずかしそうにしながらも、前を歩き始めた。照れているという事は、一応脈はあるという事だろうか。俺への感情が完全な拒絶ではないのなら……少し強欲になっても良いだろうか。

「待って鈴、一つだけ提案だ」

俺の言葉で足を止めた鈴は、「提案？」と振り返った。

「あぁ。まぁ俺達が本当に付き合うか、つまり恋人になるかどうかは保留でいい。だが俺達が付き合っていた事を知っている立花に、保留の関係になったと言ったら変に思われるだろ？」

「確かに……変に思われてしまうかもしれない。元魔王と元勇者だって言っても、立花さんのような生まれつき普通の人間なら信じてもらえない、かな」

生まれつき普通の人間というのも何か変だが、ここはスルーしておこう。

「立花だけじゃない。俺の更生を鈴が手助けしてくれている姿を他の人が見たらどうなるか。ゴミ拾いでも何でも、周りから見れば男女が共に作業をしていれば恋人と見えてしまう時もあるかもしれない。その人達に話しかけられた時、恋人と名乗るのと保留の関係と名乗るのでは明らかに相手の態度も変わるだろ？」

「うん……私でも保留の関係と聞いたら疑問に思ってしまうかもしれない……」

「そこでだ。立花含め他の人の前ではまだ恋人同士でいるというのはどうだろうか」

「う、嘘はよくない！」

「それはそうだけど、この嘘は悪い嘘じゃない。人のためにつく優しい嘘だ」

「優しい嘘」

「あぁ、小さな子に赤ちゃんはコウノトリが運んでくるとか言うのと同じだな」

「そうか。それは優しい嘘だな。なら仕方ない……よし、他の人には恋人同士だと言おう！」

俺は彼女の事がとても心配だ。別に恋人でなくても友達って言う手があるんだよ鈴ちゃん。

だが最も悪い奴は俺だ。優しい嘘なんかではない。ただ俺が彼女から離れたくないだけの、自己中心的な嘘だ。

勿論《もちろん》その嘘に関しても、ちゃんと罰は受ける。

「他に好きな人でもできたり、俺の顔を見るのが辛《つら》くなったりしたら、俺の事は遠慮なく振ればいい」

俺としては普通に殺されるよりこっちの方が辛い。生殺し的な。

何故か眉を八の字にし、困った表情を見せる鈴。

「うーん。分かった。でも困ったな。これが悪事を働く魔王からの言葉なら絶対に振っていたんだけど、今のは真緒の言葉だろう？　真緒の事を魔王じゃないと思って、真緒として付き合ってた期間があるだけに嫌いになるのって難しいと思う」

……すごい事を言われた気がする。つまり現状、黒主真緒は嫌われてないという事だと思う。何でそんなに真緒の評価高いの？　俺そんなにすごい事してないよ？

まぁ自惚《うぬぼ》れてはいけない。難しいというだけで、嫌われない可能性がゼロという訳でもないのだから。

何かしらを間違えたり失敗したりで、人を傷つけてしまった事のある人は俺以外にもいると思う。死にたくなるほど後悔した事のある人だって山ほどいるだろう。一人で抱えれば抱えるほど苦しくなって、どうすればいいのか分からなくなって。また間違えたり、失敗したりする人もいるかもしれない。

そんな中、俺は手を差し伸べてもらえて、心を助けてもらえたんだ。かなりの幸せ者だ。

未来については全て仮定の話や夢物語になるが、過去の話は全てが事実。

俺だって彼女に手を差し伸べてもらえなかったら、あるいは自分の間違いに気づいていなかったら、ふとした瞬間に何かを間違えていたかもしれない。人を傷つけたり、最悪、人を殺したり。

俺がまた間違えないよう、これからしないといけない事は。きっと、彼女を幸せにする事だ。自分が殺されないためにじゃない、彼女に対する償いのためにでもない。一人を幸せに出来ない奴が、大勢を幸せにする事なんて出来ないだろうから。

俺の幸せを許さないって人もいるかもしれないし、それはそれでどうにかしないとだけど。少なくとも彼女は俺が良い奴だって信じてくれているんだ。そんな彼女を再び傷つける訳にはいかない。

「俺頑張る」

「そうだ、頑張れ！」

きっとゴミ拾いを頑張ろうとしてると思われてるんだろうな。

今はまだ、それでもいいか。

魔王と女勇者が生まれ変わって、恋人になるまでには時間がかかるかもしれない。

いや、時間がかかってでも、恋人になれるなら十分だ。

俺はまた出かける前に日めくりカレンダーを破って来た。彼女と共に未来へ進んだという証《あかし》だ。

彼女の隣に胸を張って立てるように。俺は過去を背負ったまま、前を向けるようになろう。

巻末SS　魔王と女勇者が生まれ変わって、新作フラッペを飲むまで。

あれから俺達《おれたち》は月に二、三回、街のゴミ拾いをする事になった。あくまで自己満足ではあるが、今はこれくらいの事しかできないし。

それに——俺にとってはこれが、彼女に好いてもらう一番の近道な気がするから。

「鈴《すず》、この後は何か予定ある？」

「ううん、今日は何もないよ」

「じゃあコーヒーショップに行くの付き合って。新作フラッペ出たらしいけど、一人だと行きづらくて」

「ほんと⁉　それじゃあ仕方ないな、一緒に行ってあげよう」

新作フラッペが楽しみなようで、彼女は目を輝かせてソワソワし始めた。デートに誘われているとは微塵《みじん》も思ってなさそうだ。

しかしここでデートだと指摘すると、「本当は付き合ってないのにデートだなんて！」とか言って一緒に行ってくれなくなるかもしれないので。ここは何も言わないでおこう。

それくらいは許してほしい。

街指定のゴミ箱に、拾ったゴミを捨てに行き。そのままの足で、コーヒーショップに到着。このコーヒーショップも、もはや俺にとっては定番のデートコースとなった。

テーブルの席に向かい合って座ると、鈴は赤いハンドバッグを膝上に載せた。ゴミ拾いの時に持ってくるにしてはオシャレなバッグだが、友達から貰ったものという事もありお気に入りなんだろう。

「そうだ、忘れる所だった。はい、これ」

鈴はハンドバッグの中から、あるものを取り出した。白い封筒に、赤いハートマークのシールがついている。

どう見てもラブレターだ。

「……俺宛て?」

「うん」

まぁ過度な期待をしてはいけない。まだそこまで好かれてはないだろう。

でも、もしかしたら——。

過度にはダメでも、少しくらいは期待したって良いかもしれない。

ハートのシールを破らないよう、ゆっくりと剝がして。封を開け、折りたたんで入れられていた紙を開き。読んだ。

『いつか絶対お前を殺す』

……期待なんかするんじゃなかった。

「奈々《なな》さんだな？」

「うん。真緒《まお》に渡してって」

僧侶め、二重の攻撃を仕掛けてきたな。鈴から手渡しさせる事で俺に期待させておいて、開いてみれば呪いの文章だ。良かったな、効果はバツグンだ！

「鈴はどうしてこの殺……手紙を受け取ったんだ？」

周りにも他のお客さんがいたので、殺害予告と言うのは止《や》めておいた。

鈴はキョトンとした顔をしている。

「どうしてって、渡してって言われたから」

「そうじゃなくて……もしかして中身見てない？」

「当たり前だよ。いくら友達のものでも、人のお手紙を勝手に読むなんてよくない」

それはそうだな。信書開封罪だって母さんに教わった事がある。

あの僧侶、さては鈴が読まない事まで想定して書いてきたな？　可愛《かわい》い見た目と行動が全く合ってない。

しかしどうしたものか。この手紙を鈴に見せても良いのだが、二人の友情を変に壊すのも気が引けるし。

……というか、なんだけど。

「鈴、この封筒見てラブレターっぽいなって思わなかった？」

「思った。私も奈々からよく貰《もら》う」

「貰ってるんだ……」

じゃあ俺が他の女の子からラブレターを貰ったのを見てモヤモヤなんて思う訳ないな。

「うん。お手紙って良いよね。普段はＬＥＩＮで話したりする事の方が多いけど、手書きで書かれた分、気持ちが伝わってくる」

「そうかな」

「うん。機会があったら、書いてみるといい」

鈴は照れている様子もなく、ただにっこり笑っている。僧侶からのラブレターは、友達からの手紙程度にしか思ってないみたいだ。

「……そっか。じゃあ今書こうかな。紙とペン持ってない？」

「ボールペンなら持ってるけど、紙はないなぁ」

「じゃあ、ペンだけ貸して」

鈴はハンドバッグの中から、ボールペンを取り出す。俺はペンを借りて、反対の手で机の脇に置かれていた紙ナプキンを取った。

紙ナプキンにペン先を当てて、思いを込める。

どんな鈍《にぶ》い子にでも伝わるように、大きく『好きです』とだけ書いた。紙ナプキンだからか少しガタついた字になっちゃったけど、間違いなく読めはする。

紙ナプキンを半分に折りたたんで、僧侶から貰ったハートのシールを張り付ける。僧侶からのシールを使うのは失礼かもしれないけれど、その方がラブレターっぽいから。

「これ、俺から鈴宛てね。ちゃんと書いたのが欲しかったら、また今度あげる」

「えっ、だって、今」

人のお手紙を勝手に読むのはよくない、とは言っていたが。流石《さすが》に目の前で書いたし、何て書いたのかも見ていたらしい。

「ラブレターだからね、思いは込めたよ」

ちょうどその時、頼んでいた新作フラッペが運ばれて来た。コーヒー味のフラッペの上に大量の生クリームと薄くスライスされた苺《いちご》が載っている。俺は彼女の手にボールペンとラブレターを握らせる。

「さ、飲もっか」

「えっ、あ、うん！」

鈴は言われるがままフラッペを飲み始めた。心は読まなかったから、ラブレターを受け取った彼女がどう思ったのかは分からない。けど、その頬が少し赤い気がするのは気のせいじゃないと思いたい。

俺も彼女が飲んでいるものと同じ味のフラッペを飲む。おいしいよ、おいしいんだけど。

ちょっと甘すぎる気がした。

あとがき

むかしむかし、あるところに「二木弓《にきゆみ》いうる」という作家を目指すポンコツがおりました。

ポンコツの手元には、他社の新人賞で一次落ちを三回繰り返した『魔王と女勇者が生まれ変わって、恋人になるまで』という作品がありました。

ポンコツは思いました。

「私は気に入ってる作品なんだけど、毎回直した上で三回も落ちるんじゃ根本的な何かがダメなんだろうなぁ。仕方ない。最後に講談社ラノベ文庫新人賞に出そう。うまくすれば評価シートが貰えるかもしれないから、それを次の作品に活《い》かせばいいや」と。

受賞よりも評価シート目当てという、めちゃくちゃ失礼な理由で応募したポンコツ。

ところが、『魔王と女勇者が生まれ変わって、恋人になるまで』は一次二次を通過し、とうとう最終選考に残ったのです。

予想外の展開に動揺するポンコツの前に、一人の神が現れました。後に担当編集となる庄司《しょうじ》様です。

庄司様は言いました。

「貴方《あなた》の作品は今のまま刊行する事は難しいです。しかし、改稿すればもしかしたら——という可能性があります。無理にとは言いませんが……改稿、できますか？」

突然のお言葉でしたが、ポンコツは分かっていました。ここで「できない」と言ったら、もうチャンスは来ないかもしれない事を。

漫画『しゅごキャラ！』みたいなお話を書きたいと作家を目指して早十三年。最終選考まで残れたのも今回が初めてでした。

『魔王と女勇者が生まれ変わって、恋人になるまで』だって、気に入っていたからこそ応募した作品。直して良くなるなら何度だって直せばいい。今までだって、ずっとそうしてきたんだから。

全ては目の前に現れたチャンスを摑むため。そう思ったポンコツはつい、口にしてしまったのです。

何でもやります——と。

ご挨拶が遅れました。初めまして、ポンコツこと二木弓いうるです。改稿を重ね、無事に作家デビューする夢が叶いました。それもこれも、この本の製作に多くの方々が関わって下さったおかげです。

とてもかわいいイラストを描いて下さった雪丸《ゆきまる》ぬん先生。むしろこんなにかわいい子達に殺すだの刃物が欲しいだの言わせて申し訳ないです。

　また私の作品に可能性を感じてくれた神こと、庄司様。ド新人の私に色々な事を教えて下さり、ありがとうございました。これからもぜひお力を貸していただければと思います。

　そして、ここまでお読みいただいた読者の皆様。本当にありがとうございました！

今後とも「二木弓いうる」をよろしくお願いいたします。

ファンレター、
作品のご感想を
お待ちしています。

あて先

〒112-8001　東京都文京区音羽2-12-21
(株)講談社ライトノベル出版部 気付

「二木弓いうる先生」係
「雪丸ぬん先生」係

より魅力的で楽しんでいただける作品をお届けできるように、
みなさまのご意見を参考にさせていただきたいと思います。
Webアンケートにご協力をお願いします。

https://lanove.kodansha.co.jp/form/?uecfcode=enq-a81epi-49

講談社ラノベ文庫

魔王《まおう》と女《おんな》勇者《ゆうしゃ》が生《う》まれ変《か》わって、恋人《こいびと》になるまで

二木弓《にきゆみ》いうる

2025年4月30日第1刷発行

発行者	安永尚人
発行所	株式会社　講談社 〒112-8001 東京都文京区音羽2-12-21
電話	出版　(03)5395-3715 販売　(03)5395-3608 業務　(03)5395-3603
デザイン	オダカ＋おおの蛍(ムシカゴグラフィクス)
本文データ制作	講談社デジタル製作
印刷所	株式会社ＫＰＳプロダクツ
製本所	株式会社フォーネット社

KODANSHA

ISBN978-4-06-539659-9　N.D.C.913　292p　15㎝
定価はカバーに表示してあります

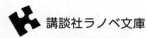

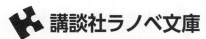

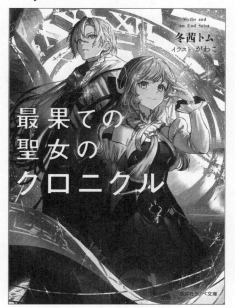

講談社ラノベ文庫

うちの清楚系委員長がかつて中二病アイドルだったことを俺だけが知っている。

著:三上こた　イラスト:ゆがー

『災禍の悪夢《ナイトメアディザスター》』を名乗る、中二病の少女――通称メア。
来栖玲緒の、かつての悪友だ。
本名も知らない少女との、かけがえのない時間。
それは、彼女が事務所にスカウトされて地元を離れるまで続いた。
やがて、中二病アイドルとして芸能界デビューしたメアだが――。
高校に進学した玲緒は、クラス委員長の十七夜凪が、
中二病を卒業したメアだということを知ってしまい……!?